Emmanuel Joseph Sieyès

Über Sieyesens Leben

Emmanuel Joseph Sieyès

Über Sieyesens Leben

ISBN/EAN: 9783743619487

Hergestellt in Europa, USA, Kanada, Australien, Japan

Cover: Foto ©Raphael Reischuk / pixelio.de

Manufactured and distributed by brebook publishing software
(www.brebook.com)

Emmanuel Joseph Sieyès

Über Sieyesens Leben

Ueber
Sieyes'ens Leben.
Von ihm selbst geschrieben.

Aus dem Französischen übersetzt,
und mit Anmerkungen und Beylagen begleitet.

Mit Sieyes'ens Portrait von Brea gezeichnet und von Lips gestochen.

In der Schweitz,
1795.

Anzeigen.

In allen guten Buchhandlungen ist zu haben:

Beyträge zur Geschichte der französischen Revolution. Erstes bis drittes Stück.

Von dieser neuen Zeitschrift erscheint zu unbestimmten Zeiten ein Stück von 12 Bogen. Drey Stücke machen einen Band aus und erhalten jedesmal einen Haupttitel und das Portrait einer in der Revolution merkwürdig gewordnen Person. Der Preis jedes Stücks ist 14 Gr.

Der Inhalt der bisdahin erschienenen drey ersten Stücke ist folgender:

Erstes Stück.

Vorrede.

I. Geheime Ursachen der Revolution des neunten zum zehnten Thermidor, von Vilate, gewesnem Geschwornen beym Revolutionsgerichte zu Paris.

II. Der Manteser-Knabe. Romanze von Jauffret.

III. Der öffentliche Ankläger.

IV. Loiserolles oder der Triumph väterlicher Liebe. Romanze von Jauffret.

V. Historische Gemälde der französischen Revolution. Einleitung.

Erstes Gemälde: Eyd der Nationalversammlung im Ballhause zu Versailles den 20ten Juny 1789.

Zweytes Gemälde: Das Volk setzt die in der Abtey gefangen gehaltnen französischen Garden in Freyheit.

VI. Ueber die eigentlichen Akteure des 2ten Septembers 1792, und über mehrere heimliche Tag- und Nachtgeschäfte der ehemaligen Regierungsausschüsse, von Mehee dem Sohne.

VII. Im Angesicht von Rom, den 4ten May 1793. Ode von Reinhard.

Emanuel Sieyes

Ueber

Sieyes'ens Leben.

Von ihm selbst geschrieben im Erndtemonat des 2ten Jahrs der Republik (a. St. Juni und Juli 1794).

Aus dem Französischen übersetzt, und mit Anmerkungen und Beylagen begleitet.

In der Schweitz,

1795.

Vorrede zur deutschen Uebersetzung.

Es liegt uns ob, ein Wort über den Ursprung dieser Schrift zu sagen. Sie wurde veranlaßt durch eine bisdaher noch nicht erschienene Uebersetzung der Sieyeschen Werke. Der schätzbare deutsche Gelehrte, so sich damit beschäftigt, schrieb an einen seiner Freunde in Paris, um Nachrichten über Sieyes'ens Lebensumstände. Die Person, an welche er sich wandte, hatte das unvergeßliche Glück mit dem Philosophen im Umgange zu stehn, und von ihm einiges Vertrauens gewürdigt zu werden. Sie machte ihn bekannt mit dem Wunsche des Auslands. Sieyes ließ sich bereit finden zu willfahren. Er entwickelte ihr in einigen heitern Morgenstunden die Geschichte seines gedankenreichen Lebens, doch unter der ausdrücklichen Bedingung, daß das Gesagte blos dem Gedächtniß anvertraut bleibe, und in Frankreich nicht niedergeschrieben würde. Diese Vorsicht, welche treulich beobachtet worden ist, war den Zeitumständen angemessen und nicht zu weit getrieben. Ein Aufsatz der Art, in den Papieren eines Fremden gefunden, hätte den Tyrannen Frankreichs erwünschten Vorwand geliefert, eine Konspiration zu erdichten, um das Haupt des unantastbaren Weisen aufs Schaffot zu bringen.

So verstrich ein ganzes Jahr, eh es dem Herausgeber gelang, sich gegen Todschlag und Kerker, auf dem gastfreundlichen Boden der Schweitz sicher zu stellen. Hier geschah es, daß er die Vorräthe seines Gedächtnisses zu Papiere brachte. Allein die Fluth neuerer Eindrücke und ihre konvulsivische Heftigkeit, hatten die Spuren vieler alten verwischt und ausgelöscht. Er empfand diesen Mangel am lebhaftesten, da er sich des köstlichen Schmucks von Weisheit zu erinnern suchte, womit Sieyes die Geschichte seines Lebens durchflochten hatte. Aber die Freundschaft erhörte seine Klagen und kam ihm zu Hülfe. So entstand der, in den Friedens-Präliminarien abgedruckte Aufsatz. Man würde ihn für die Uebersetzung der Sieyeschen Werke aufbewahrt haben, wenn diese nicht mit unbegreiflicher Langsamkeit gesäumt hätte, und es für das Herz und den Geist des Herausgebers, dringend geworden wäre, den Lügen und Verläumdungen Einhalt zu thun, wodurch kleine und eifersüchtige Geister, sich an der Ueberlegenheit des großen Mannes zu rächen suchen. Sie haben ihm ein Ungeheuer von Maske aufgeheftet, woran Albernheit mit dem bösen Willen der Erfindung, im Rangstreite schwebt. Ihr Werk ist so beschaffen, daß es nur allein auf Gott und den Teufel zugleich paßt. Ganz vorzüglich daran gearbeitet hat der kleine merkurialische Mann, welchen Herr Pfarrer Meister in Zürich sehr treffend, den Peter Einsiedler der Gegenrevolution nennt. Wozu hilft es nun diesem Fanatiker einen trauriglächerlichen Kreutzzug gegen Frankreich gepredigt zu haben? Die Redaktion des Mercure de France hat er dadurch doch nicht wieder erobert! Und ist es nicht im höchsten Grade demüthigend für die Menschheit, ganze Nationen sich zerfleischen zu sehn, weil ein Genfer Spekulant Hungers zu sterben fürchtet! Doch wir müssen unsern Gegenstand ob eines schädlichen Insekts, nicht aus dem Gesicht verlieren.

Da die Deutschen in Rücksicht der Revolution, so wie in manchen andern Dingen, bloße Nachbeter sind, und die eigentlichen Urheber der Verläumdung nur französisch verstehn, so war der erwähnte Aufsatz bestimmt, zur günstigen Stunde auch in dieser Sprache zu erscheinen. Um ihm alle mögliche Fülle und Richtigkeit zu geben, wurde er Sieyes'en selbst, zur Durchsicht vorgelegt. Durch neure Anläße aufgefodert hat es selbem gefallen, den Entwurf eines andern mit eigner Hand zu bearbeiten, und ihn zu der vollständigen Gestalt zu erhöhn, unter welcher er hier, aus dem französischen übersezt mitgetheilt wird.

Der unpartheyische Beobachter wird Sieyes'en genugsam daraus kennen lernen; will er mehr von ihm wissen, so rathen wir ihm seine

Schriften und die erste Geschichte der Revolution zu lesen. — Der intellektuelle Werth des Mannes ist entschieden. Nicht weniger der Einfluß seiner Denkkraft auf die Schicksale der französischen Nation. Durch Voltaire, Rousseau und die Encyklopädisten angereizt, wollte sie ihre unzweckmäßige Verfassung, gegen eine den Fortschritten des menschlichen Geistes und Herzens, angemeßnere vertauschen, aber sie wußte nicht womit? und wie? sie reisen sollte. Sieyes baute ein Fuhrwerk, und zeigte ihr den Weg auf der Karte reiner Vernunft. Wäre es möglich, daß sich die Völker, ausschlüßlich dieser anvertrauten, und nicht, mit der, allen Sterblichen gemeinen Kurzsichtigkeit, lieber die Leidenschaft zum Führer wählten, so müßte sie längst ans Ziel gelangt seyn. Indeß sie wird dabey eintreffen, und Sieyes'en huldigen, ihren Gang abgekürzt und beschleunigt zu haben.

Zufolge einer sehr altmodischen Logik hat man Sieyes'ens Herz gelästert, weil seinem Verstande nicht anzukommen ist. Armselige Menschen, die ihr noch nicht wißt, daß helle Vernunft und Moral, eins und dasselbe sind, nennt uns eine Thatsache. Noch habt ihr keine vorgebracht, die mehr bewiese, als daß er Euern bequemen, herkommlichen, aber vernunftwidrigen Vorrechten sehr gefährlich gewesen ist; und das Beste eines besondern Standes, gegen das allgemeine Beste, keines Ansehns der Person gewürdigt hat. Wir hingegen können Euch auffodern, aus der ganzen alten und neuern Gesetzgebung einen Zug zu nennen, der von sanfterm und mitleidigerm Herzen spricht, als jener Vorschlag Sieyes'ens, ein Fest zu veranstalten für die Thiere, welche Gefährten der menschlichen Arbeit sind.

Ich habe viele Menschen gesehn, wenige meiner Achtung werth gefunden. Aber unaussprechlich verehr' ich dich, Sieyes'ens Genius! Du verachtest die niedre Bahn der Leidenschaften, deine Vernunft respektirt ihre eigne Würde im Menschen. Göttliche Schöpfungen liegen in deinem Geiste. Stelle sie zu Formen auf für die kommenden Geschlechter, wiewohl du an der Empfänglichkeit des gegenwärtigen Jahrhunderts zu zweifeln berechtigt bist.

Vorbericht der Herausgeber der französischen Urschrift.

Gewöhnlich bedarf ein deutsches Buch einiger Jahrzehende, um in Frankreich bekannt zu werden. Wir konnten also, was auch geschehen ist, den Abriß von Sieyes'ens Leben in deutscher Sprache viel früher bekannt machen, als die Klugheit erlaubte, ihn seinen Mitbürgern vorzulegen. So lange die verrätherische und fanatische Tyranney der Blutsäufer dauerte, sein Leben in französischer Sprache schreiben, wäre ein Aufruf an die Wuth der Henker gewesen, sich am köstlichen Haupte des Weisen zu vergreiffen, der, Dank sey der Vorsehung! dem großen Patriotenmorde entgangen ist. Nun aber, da Wahrheit und Vernunft in Frankreich nicht länger gegenrevolutionair sind, wird was vor acht Monaten Unsinn gewesen wäre, zur Pflicht. Wann diese Schrift, wie man vermuthen darf, beyträgt, — nicht die Verleumder zu bekehren, sie sind unverbesserlich, — aber den Gutdenkenden Unterricht und Aufschlüsse zu geben, so freuen wir uns dieß historische Denkmal veranlaßt, und es treu aufbewahrt zu haben.

Um eine richtige Vorstellung von der unersättlichen Gier, mit welcher alle Arten von Feinden der Gleichheit der Rechte, Sieyes'ens Namen zu lästern bemüht sind, zu erhalten, muß man nicht Frankreich allein kennen, man muß das Ausland gesehen haben. Ganz kürzlich noch ist ein Gesandter (der für seinen eignen Ruf besser würde gesorgt haben, hätte er in Frankreich, statt accreditirter Minister der Gegenrevolutionairs zu seyn, den Auftrag seiner Committenten, welche Freunde der Franken, und im Kriege der Partheyen neutral sind, treu erfüllt) mit einem reichen Vorrath von Lügen und abgeschmackten Sagen, bey uns angekommen. Seiner Behauptung zufolg, ist Sieyes der Satan des Stücks! . . . . .

Es sey uns vergönnt, diesem, den alten Vorurtheilen der Monarchie so furchtbaren Dämon, dem Würgengel der bevorrechteten Kasten, die Verehrung und Hochachtung, welche ihm gebühren, zu zollen. Gepriesen, ewig gepriesen seyen sein unerschütterlicher Muth und die mächtige Stärke seiner Vernunft; sie haben den gesellschaftlichen Körper von jedem schwelgerischen Auswuchse gereinigt, um über einfachen, unerschütterlichen und der menschlichen Vervollkommnungsfähigkeit angemeßnen Grundfesten sein Gebäude aufführen zu können. Welch siegreichen Schwung haben durch Sieyes die denkenden Köpfe erhalten! Wie bedaurenswerth ist es, daß widrige Umstände ihn hinderten, uns das Ganze seiner Ansichten und den vollständigen Plan gesellschaftlicher Organisation, den sein Geist entworffen hat, mitzutheilen. Indeß steht die französische Republik im Begriff, sich zu konstituiren, sie wird die Einsichten dieses großen Bürgers, der zum gesetzgebenden Genius für kommende Jahrhunderte geschaffen ist, nicht unbenutzt lassen.

Durch den neuen Abdruck eines allzu selten gewordnen philosophischen Meisterstücks: Der

Erklärung der Rechte des Menschen und des Bürgers, welche der Schrift über Sieyes'ens Leben angehängt ist, hoffen wir den Freunden der Sache, die wir verehren, einen Dienst zu erweisen. Wir fügen auch einige Anmerkungen bey, für die, so wie für diesen Vorbericht, nur wir allein verantwortlich sind.

In der Schweitz,
am 1. Febr. 1795.

Die Herausgeber.

Vorrede des Verfassers.

Jedermann kennt das Sprüchwort: es geschieht um Lebens und Sterbens willen. Mehr als je, darf man sich wohl in den gegenwärtigen Zeiten daran erinnern. Als Zeugen der Thätigkeit, mit der sich die Verläumdung des gekanntesten Theils von Sieyes'ens Leben bemächtigt hat; können wir voraussehen, sie werde nicht ermangeln, auch den noch übrigen Theil zu bearbeiten. Auf jeden Fall muß sie aus der Verlegenheit, keinen Stoff zu haben, gerissen werden.... Wir bieten also dieß kurze Gemälde eines treu dargestellten und ganz einfachen Lebens, der Verläumdung dar. Die Zueignung wird wenigstens das Verdienst der Neuheit haben.

Wir fühlen wie andere, daß es lächerlich ist, das Leben eines noch lebenden Menschen zu schreiben. Allein erstens kann das eben angeführte Sprüchwort, diesen Einwurf einigermassen beantworten; die Umstände entschuldigen die daraus gezogene Folgerung; überdem leben wir ja in Zeiten ungewöhnlicher Dinge; das, so wir gegenwärtig beginnen, wird wenigstens nicht schädlich seyn.

Will jemand den Verfasser errathen, was eben nicht schwer seyn dörfte, so antworten wir ihm zum voraus: „Was liegt euch daran; ihr könnt euch nur desto eher auf die gewissenhafte Genauigkeit der Angaben verlassen.„ Ueberdieß, giebt es Zeiten und Dinge, wo die Art, wie Jemand sie betrachtet, auch einen Theil seines Lebens ausmacht.

Paris am 9ten Meſſidor,
im zweyten Jahr der Republik.
(27 Juni 1794. a. St.)

Ueber Sieyes'ens Leben.

Emmanul Joseph Sieyes ist zu Frejus im Var-Departement am 3ten May 1748 geboren. Er fieng seine ersten Studien im väterlichen Hause *) unter der Leitung eines Lehrers an, der seinen Zögling zugleich ins Jesuiterkollegium führte, daß er da mit den übrigen Stadtkindern den öffentlichen Unterricht geniesse. Die Jesuiten wurden auf diesen Schüler aufmerksam, sie thaten seinen Eltern den Vorschlag, ihn nach Lyon in ihre große Erziehungsanstalt, eine der besten, die sie in Frankreich hatten, zu senden. Eben um die Zeit gerieth die Gesellschaft der Jesuiten in jenen Streit, der die Aufhebung des Instituts nach sich zog. Sieyes'ens Vater wiedersezte sich den vereinigten Wünschen der ehrwürdigen Väter und des Ortsbischofs. Er sandte seinen Sohn

*) Sein Vater besaß nebst dem zu einer den Landessitten angemeßnen Lebensart hinlänglichen Ertrag einiger Landgüter, die Stelle eines Controleur des Aktes, und erhielt dadurch einen Zuschuß von Einkünften, der ihm die Erziehung einer schon zahlreichen Familie erleichterte. Emmanuel war das fünfte seiner Kinder, später wurden ihm noch zwey andere geboren. Anm. d. Verf.

nach Draguignan einer ansehnlichen Stadt des Departemens, um da im Kollegio des Ordens der Doktrinarier seine Schulstudien zu beendigen.

Sieyes sah die meisten seiner Mitschüler die Schule verlassen, um sich der Artillerie und der Ingenieurkunst zu widmen. Sein sehnlichster Wunsch war, eben diesen Beruf wählen zu dörfen. Er schrieb deßwegen an seine Eltern mit aller Lebhaftigkeit einer jugendlichen Neigung; statt aller Antwort ward er ins väterliche Haus zurückgerufen; man bestimmte ihn für den geistlichen Stand. Der Bischof von Frejus hatte durch das Versprechen einer schnellen Beförderung seinen Vater gewonnen. Man wolte nun in dem Knaben nur die schwächlich-kränkliche Gesundheit sehen, und dieser Umstand solte die getrofne Wahl rechtfertigen. Der junge Sieyes ward also nach Paris ins Seminarium von St. Sulpice gesandt, um die Philosophie und Theologie zu studieren.

Sieyes hatte sein 14tes Jahr angetreten, und hier war er nun völlig von aller vernünftigen menschlichen Gesellschaft abgeschnitten; unwissend wie ein Schüler von diesem Alter, ohne etwas gesehen, erfahren, verstanden zu haben, war er in einen abergläubigen Kreis versezt, der für ihn das Weltall seyn solte. Er folgte seinem Schicksal, wie man dem Gesetz

der

der Nothwendigkeit gehorcht. Aber es war sich nicht zu verwundern, wann er in einer seinen natürlichen Neigungen so zuwiederlaufenden Lage, eine Art scheue Melancholie und die höchste stoische Gleichgültigkeit für seine Person und sein Schicksal annahm. Er solte das Glück seines Lebens verlieren; er befand sich in einer unnatürlichen Lage; nur die Liebe zum Studieren konnte dabey gewinnen. Bücher und Wissenschaften zogen seine Aufmerksamkeit auf sich. Ununterbrochen verflossen so die zehn schönsten oder traurigsten Jahre seines Lebens, bis die Zeit, die man in der Sorbonne, Cours de Licence nannte, zu Ende war.

Er hatte sich während dieses langen Zeitraums mit den theologischen und angeblich philosophischen Studien der Pariser Universität, nur in so weit sie ihm zu den gewöhnlichen Prüfungen und Streitübungen nöthig waren, beschäftiget. Von seinen Neigungen hingerissen, oder vielleicht auch nur aus Bedürfniß sich zu zerstreuen, und um nicht müßig und unthätig zu seyn, durchstreifte er, ohne Wahl und Ordnung alle Theile der Gelehrsamkeit, beschäftigte sich mit den mathematischen und physischen Wissenschaften, und suchte sich Kenntnisse in den Künsten, besonders der Musik zu erwerben. Indeß zog ihn unwillkührlicher Hang zu tieferem Nachdenken hin. Er liebte vor allem,

Schriften über Methaphysik und Moral. Oefters gestund er, daß ihm unter allen Büchern die Schriften eines Locke, Condillac und Bonnet, am meisten Freude und Genugthuung verschaft haben; er fand in ihnen Männer, die mit ihm gleiches Intresse, gleiche Neigungen hatten, und sich mit einem gemeinschaftlichen Bedürfniß beschäftigten.

Seine Obern hatten, ihrer Gewohnheit nach, seine Bücher und seine Schriften ausgekundschaftet. Sie hatten unter seinen Papieren sogar ziemlich kühne wissenschaftliche Entwürfe gefunden. Sie schrieben in ihr Schülerverzeichniß: „Sieyes zeigt große Anlagen für die „Wissenschaften; allein es ist zu fürchten, seine „Privatlektur möge ihm Geschmack für die „neuen philosophischen Grundsätze einflössen." Dennoch beruhigte sie, seine entschiedne Liebe zur Arbeit und zur Einsamkeit, seine einfachen Sitten, und sein ganzer Charakter, der bereits den praktischen Philosophen verrieth. „Sie „können," schrieben sie einst an seinen Bischof, „einen rechtschafnen und gelehrten Domherren „aus ihm machen. Uebrigens müssen wir ihnen zum voraus sagen, daß er sich zum Kirchendienst gar nicht schickt." Sie hatten Recht.

Nach vollendetem Kurs in der Sorbonne, trat Sieyes, ohne den Doktorhut anzunehmen, in seinem vier und zwanzigsten Jahr in die

Welt. Er hatte sich in seiner Einsamkeit, Liebe für Wahrheit und Gerechtigkeit und selbst Kenntniß des Menschen erworben, die so vielfältig und so unschicklich, mit Kenntniß der Menschen, das will sagen, mit der unbedeutenden Erfahrung des Ränkespiels einer kleinen Zahl mehr oder weniger angesehner Personen und der armseligen Sitten einiger kleiner Cotterien verwechselt wird *). Er gesteht, daß ihm anfänglich die krumme Sprache der Gesellschaft, ihre regellosen Sitten, jene bis zur Verachtung getriebne Geringschätzung der einfachen Wahrheit, jene Menge kleiner sich kreuzender Interessen und kleiner verdekter Neigungen, die den übrigen unbekannt jeden einzelnen beleben, und oft aus dieser Mischung ein seltsam sonderbares aber falsches Handlungsspiel hervorbringen, ganz unbekannte Dinge waren. „Wahrhaftig," sagte er, „es ist mir, als reise ich „unter einem unbekannten Volke, ich muß mit „seinen Sitten Bekanntschaft machen." Seine eignen Sitten hat er nicht geändert. Neben seinen gewöhnlichen Studien besuchte er das Schauspiel, das er bisdahin nicht zu sehen Gelegenheit gehabt hatte. In den Jahren 1773 und 1774 beschäftigte er sich theils mit

*) Die Kenntniß der Menschen verhält sich zur Kenntniß des Menschen, wie die Staatsintriguen sich zur Staatskunst verhalten. Anm. d. Verf.

Musik, (es gieng eben damals in diesem Fache eine Revolution zu Paris vor) theils mit Wiederlegung des politischen Systems der Oekonomisten, das er steif und dürftig, obgleich hundertmal der Routine, die ihrer Gewohnheit nach darüber erschrak ohne etwas davon zu verstehen, vorzüglicher fand. In eben diesen beyden Jahren, machte er oder glaubte er wenigstens wichtige Untersuchungen über den irrigen Gang des menschlichen Geistes in der Philosophie, über die Metaphysik der Sprache und über die Lehrmethoden zu machen. Es ist nichts davon bekannt geworden. Neigung für Wahrheit ist die herrschende Eigenschaft seines Geistes, ihre Untersuchung beschäftigt ihn so zu sagen unwillkührlich. Hat er einmal einen Gegenstand vorgenommen, so ist er nicht zufrieden, bis er ihn ergründet, in alle seine Theile zerlegt und diese dann wieder in ihr Ganzes zusammengesetzt hat. Ist aber einmal sein Wißbedürfniß befriedigt, so läßt er seine Bemerkungen und analytischen Darstellungen, die nur ihm selbst brauchbar seyn konnten, liegen. Das ins Reine bringen, die Ausfüllung der Lücken und jene sorgfältige Feile, welche Schriftsteller, die sonst um litterarischen Ruhm auch noch so unbekümmert sind, ihren bekannt zu machenden Schriften nicht versagen könnten, sind für ihn unerträgliche Dinge; er ist bereits zu andern Untersuchungen übergegangen. Ist er bisweilen dieser Art Trägheit einigermaßen untreue worden, so geschah es, wann ihn das Gefühl eines großen öffentlichen Intresses hinriß, und in Zeiten, wo er mit Wahrscheinlichkeit hoffen konnte, Nutzen zu stiften.

Das Gesetz der Nothwendigkeit und die eiserne Hand der Regierung, überlieferten ihn wieder seinem traurigen Schicksal. Im Jahr 1775 reiste er mit einem Bischofe, der sein Bisthum antreten wolte, und um Sieyes'en mit sich nehmen zu können, ihm das Patent zum Kanonikat an seiner Kathedralkirche verschaft hatte, nach der Provinz Bretagne. Kurze Zeit, nachdem er seine Domherrenstelle angetreten hatte, erhielt er durch einen jener in Versailles ausgefertigten Briefe oder Patente, mittelst deren man die Einkünfte seines Amtes in Paris beziehen konnte, die Erlaubniß dahin zurückzukehren. Es bot sich zur Abänderung des Kapituls Gelegenheit dar. Er war nacheinander Vikar, General, Domherr und Kanzler der Kirche von Chartres. Das einige bemerkenswerthe während allen diesen Abänderungen, war die äusserste Sorgfalt mit der er jede Theilnahme am Kirchendienste vermied. Er hat nie gepredigt und niemals Beichte angehört; er floh jedes Geschäft und jeden Anlaß, der ihm geistliches Ansehen hätte geben können.

Die französische Geistlichkeit theilte sich damals in die zwey Klassen der geistlichen Priester und der geistlichen Administratoren. Sieyes konnte höchstens zur zweyten Klasse gezählt werden. Er hatte bereits als Deputirter des Kirchsprengels, in welchem er zuerst angestellt war, den Ständen von Bretagne beygewohnt; und um es hier im vorbeygehen zu bemerken; sein Aerger über den schändlichen Zustand von Unterdrückung, in welchem der Adel den unglücklichen dritten Stand hielt, war bey jener Gelegenheit aufs äusserste gestiegen.

Gegenwärtig bekleidete er zu Paris eine bleibende Verwaltungsstelle; er war von dem Kirchsprengel von Chartres ernannter Conseiller-Commissaire bey der obern Kammer der französischen Geistlichkeit.

Man konnte aus der bisherigen rein geschichtlichen Erzählung sehen, daß Sieyes von der Zeit seines Aufenthalts in der Sorbonne an, wo er bereits, was die römische Kirche die höhern Weihen nennt, angenommen hatte, theils durch das Lesen einiger guter Bücher, theils durch eignes Nachdenken, sich von aller Art abergläubischer Vorstellungen und Gefühle frey gemacht hatte. Er wußte nicht, und konnte nicht einmal muthmassen, daß sein Vaterland zu Abschüttlung eben dieses Joches so allgemein geneigt seyn würde. Er war erstaunt, als er in die Gesellschaft trat, und sie in dieser Rücksicht weiter vorgeschritten fand, als er geglaubt hatte. Die Störung des Gleichgewichts zwischen der öffentlichen Meynung und derjenigen der Glieder seines Standes, war so weit gediehen, daß ihm ein naher Ausbruch gewiß schien. „Welch eine gesellschaftliche Ordnung", hat er sich oft geäussert, „in der sich das vierzehnte Jahrhundert mitten in den Fortschritten des achtzehnten erhält!„

Er konnte sich nicht enthalten, über die schrecklichtraurige Lage der Jugend, und alle die tyrannischen Bande, die ihrer warteten, zu seufzen. Das schmerzhafte Gefühl, von dem er durchdrungen war, erstreckte sich natürlich über diejenigen seiner Mitmenschen, denen gleiches Schicksal bereitet war; gab es auch wohl einen Gegenstand, der des Mitleidens würdiger gewesen wäre, als jene Menge zarter Kinder, deren beym Eintritt in die Welt, ein alter und festgewurzelter Irrthum zu warten schien, um sie zur Beute eines Aberglaubens, an dem sie wahrlich keine Schuld hatten, zu machen. Kaum fiengen diese unschuldigen Geschöpfe an, empfänglich für Bildung und Unterricht zu werden, so entrissen eine grausame aber gepriesne Sorgfalt und elterliche Vorurtheile, sie unbarmherzig dem Pfade der Natur, um sie, so sagte man, zu erziehen, oder vielmehr um sie zu Opfern einer vernunftlosen, unmenschlichen, Tod athmenden Anstalt zu machen, in der die kläglichsten Lehrer sich übten, sie körperlich und sittlich zu martern, und sie zum Dienste, der Himmel weiß, welches Unsinns abzurichten! Und dieß Verbrechen ward im Namen der Gottheit begangen, als wäre Gott des Dienstes der Menschen bedürftig, und als könnte er gleich den Königen der Erde verlangen, daß ihm sein Hofstaat und sein Serail bestellt werden! O der Schwachheit des Verstandes und der Stärke der Gewohnheit! Und die Regierung sah dieß und litt es! Eine so unbeschränkte Gewalt, die sich beschützend nannte, wolte der blinden Leichtgläubigkeit der Eltern und der verzeihlichern Unwissenheit der Kinder, den verrätherischen und nimmersatten Schlund nicht schliessen, der vor ihren Augen jeden Tag einen köstlichen Theil des kommenden Geschlechtes, der intressanten und liebenswürdigen Jugend, die zu allen Bestimmungen des Lebens so tüchtig, und tausendmal glücklicher gewesen wäre, hätte man sie auf natürlichen Wegen, selbst die mühevollsten Handwerke und Gewerbe der menschlichen Gesellschaft wählen lassen, hecatombenweise verschlang!

Verschwunden ist nun für immer vom Boden der Republik dieß scheußliche Ungeheuer und diese lang gewünschte Aenderung, dieser wichtige Schritt auf dem Pfade der Fortschritte des

Menschengeschlechts, wird unter die Wohlthaten der französischen Revolution gezählt werden. Allein, welch peinliches Gefühl mischt sich zu den Gefühlen der Dankbarkeit? O! wie sind bisweilen die Maaßregeln der Gerechtigkeit so verschieden von denen der Menschen!

O meine theuren Mitbürger, wie konntet ihr glauben, ein gerechter Abscheu gegen die vormaligen Verfolgungen, berechtige euch zu neuen Verfolgungen? Könnten Menschen verantwortlich für Menschen seyn, die Jahrhunderte vor ihnen lebten, wo wäre dann ein Unschuldiger zu finden? Wie war es möglich, daß euch diese Bemerkung, die man menschliche Nothwendigkeit nennen kann, entgieng. Und Ihr waret es, die zu den unglücklichsten Sclaven unsers alten Aberglaubens sprachet: Ihr habt euer Leben als Opfer unserer Vorurtheile angefangen, ihr müßt es enden als Opfer der ––––– (*) Ihr woltet ihnen nichts viel-

*) Die Religionsaufklärung ist in Frankreich bisdahin blos negativ. Franken! ihr kennt nur noch die schlimme Seite der Religion, indem die welche ihr besaßet, anstatt die Vervollkommnung des sittlichen Gefühls und des Gewissens des Menschen, vielmehr seine Dummheit zu bezwecken schien. Aber ihr seyd von einem den Priesterstand zu sehr begünstigenden Aberglauben, in einen andern allzuentgegengesetzten Aberglauben gerathen. Ihr nehmt nun allgemein an, alle Glieder dieses Standes seyen Bösewichter gewesen. Hat man von einem Menschen den Beweis, daß er Priester oder mit

mehr sagen: O ihr, die unter dem allgemeinen Irrthum am meisten gelitten habt; höret die Stunde der Gleichheit und eurer Freyheit schlagen; sezt euch mit uns wieder in den Besitz eurer Menschenrechte. Es leben Natur und Wahrheit! *)

Vielleicht war es der vollkommne Widerspruch, der sich zwischen seinem Stande und seinen Gesinnungen fand, was seinen Geist am kräftigsten antrieb, das Gemisch von Klassen, Handthierungen und Arbeiten, aus denen der Staatskörper bestund, zu untersuchen, und in dem gesellschaftlichen Mechanism, die nützlichen Räder von den schwelgerischen Auswüchsen zu unterscheiden; so gelangte er frühe dahin, über die bevorrechteten Klassen strenges Urtheil zu fällen, und die Wichtigkeit des dritten Standes ihrem vollen Werthe nach einzusehen.

diesem Stande in Verbindung gewesen ist, so sind damit auch seine großen Verbrechen bewiesen; er hat sich nun aller Schandthaten schuldig gemacht. Wie manche sind als Opfer dieses neuen scheußlichen Vorurtheils gefallen!
Anm. d. Herausg.

*) Es kann hier natürlich nicht von demjenigen Theil der Geistlichkeit, der sich als Feind der Revolution gezeigt hat, die Rede seyn, sondern nur von den Gliedern desselben, die sich keinen andern Fehler vorzuwerfen haben, ausser den, diesen Stand gewählt zu haben, wie sie jeden andern hätten wählen können. Anm. d. Vers.

Sieyes stund, als die Wahlen zur Provinzialversammlung von Orleans vorgenommen wurden, seiner Administrations-Kenntnisse wegen, in einigem Ruffe; er ward nicht durch die Wahl der Minister, sondern durch die der schon erwählten Verwalter, zum Mitgliede ernannt. Er hat in dieser Versammlung Proben von einiger Geschicklichkeit in Arbeiten, von Rechtschaffenheit und Vaterlandsliebe gegeben; so daß die Versammlung in ihn drang, er möchte den Vorsitz der Intermediar-Commißion annehmen; er hat eine kurze Zeit durch, die Stelle bekleidet. Diese Versammlungen haben, durch den Schwung, welchen sie den guten Köpfen gaben, viel beygetragen, die Nothwendigkeit der Versammlung der Generalstände fühlbar zu machen; sie machten ein politisches Dogma daraus, das durch ganz Frankreich geglaubt und gelehrt wurde.

Sieyes stund in Paris mit einigen Parlementsgliedern in Verbindung, die damals als Freunde des Vaterlands handelten. Dieß ansehnliche Korps besaß weder Einsichten noch Stärke des Geistes. Die Frage zum Beyspiel, über die Lettres de Cachet, war für jeden Franken keine Frage mehr, ausgenommen für d i e s e H e r r e n, obgleich sie es an Vorstellungen gegen ihre Ungesetzlichkeit, zum Scheine nicht fehlen liessen. Am Tage als die Kammern nach

Troyes verwiesen wurden, rieth Sieyes, auf der Stelle in den Pallast zu gehen, und den Minister, der die ganz offenbar willkührlichen, wiederrechtlichen, und von der Nation verabscheuten Befehle unterzeichnet hatte, greiffen und aufhängen zu lassen. Ein glücklicher Erfolg dieser Maaßregel, wäre unfehlbar gewesen, ganz Frankreich würde sie mit Beyfall gekrönt haben: sein Rath ward verworffen.

Bey der Musse des Landlebens, dem er zwey Drittheile des Jahres zu widmen sich zur Gewohnheit gemacht hatte, schrieb er im Sommer 1788, gegen das Ende des Ministeriums des Kardinals von Lomenie, seine Betrachtungen über die Vollziehungsmittel, deren sich die Stellvertreter Frankreichs im Jahr 1789 werden bedienen können,*) mit der seine Absicht erklärenden Aufschrift: „Man darf seine Wünsche bis zur Höhe seiner Rechte erheben, aber bey seinen Planen muß man die Mittel, die man hat, sich zum Maaßstabe nehmen." Diese Flugschrift war bereits unter der Presse, und sollte ausgegeben werden, als Sieyes nach Paris zurückkam, und nöthig fand, ihre Bekanntmachung aufzuschieben. Die große politische Frage, die alle Franken angieng und beschäftigte, schien bereits eine ganz andere Gestalt anzunehmen;

*) Vues sur les moyens d'exécution dont les Représentans de la France pourront disposer en 1789.

sie sollte sich nach den Unterschieden und Ansprüchen der verschiedenen Klassen richten. Es war nicht mehr die ganze Nation, die von der unbeschränkten Macht der Königschaft, ihre Rechte zurücknehmen wollte; der Adel, immer bereit sich zusammen zu halten, wollte die Zusammenkunft der lezten Notablen und den schlimmen Geist, der in dieser Versammlung herrschte, benutzen, dachte nur darauf, seinen eignen Vortheilen, das Uebergewicht vor denen des Volkes zu geben, und hofte übrigens seine alten und seine neuen Ansprüche, vom Minister, dem er Furcht einjagen würde, sanktionirt zu erhalten. Dieß bewog Sieyes'en seinen Versuch über die Vorrechte *) und gleich darauf sein Werk, das den Titel führt: Was ist der dritte Stand **)? zu schreiben. Bey Vergleichung dieser beyden Schriften mit der ersteren, wird man leicht bemerken, wie, nicht entgegengesezt aber verschieden, der Geist war, womit er seine Betrachtungen über die Vollziehungsmittel geschrieben hatte. Diese drey Flugschriften erschienen zu Ende 1788 und im Anfang 1789 schnell aufeinander.

Zu der Zeit bildeten sich in Paris zwey neue Gesellschaften oder Clubs, die sich damit beschäftigten, eine nach dem englischen gemodelte

*) Essai sur les privilèges.
**) Qu'est-ce que le Tiers-Etat?

Oppositionsparthey für die bevorstehenden Generalstände vorzubereiten. Beyde waren das Werk der Minorität des Adels, das will sagen, einiger Rechtsgelehrten und Financiers mit denen der Minister kürzlich Unterhandlungen ausgeschlagen hatte, und vornehmlich derjenigen Höflinge, die von der Königin vernachlässigt, der Eifersucht und des Ränkeschmiedens gegen die glücklichern Besitzer der Gewogenheit und Gunst, müde waren.

Die eine dieser Gesellschaften versammeite sich im Marais, im Hause des Herren Adrian Duport, Parlementsrathes, großen Anhängers von Mesmer, der nachher Deputirter des Adels von Paris zu den Generalständen ward. Damals gab er sich das Ansehen, als wollte er die Lehre vom thierischen Magnetism auf die höchste Stufe von Illumination heben, er sah alles in ihr: Arzneykunst, Sittenlehre, Staatswirthschaft, Philosophie, Astronomie, die Vergangenheit, das Gegenwärtige, nahe und ferne, und selbst die Zukunft: dieß alles waren nur kleine Bruchstücke seiner großen Mesmerschen Träumereyen. In der Revolution hat er sich übrigens als geistreicher Mann, verschlagner Ränkemacher, unwissender, unruhiger, aber thätiger und kühner Revolutioniste gezeigt, der seine Einbildung für Wahrheit hielt, und die Menschen überhaupt ansah, wie ein Schachspieler seine Figuren ansieht, oder wie Drathpuppen, die man für die Langeweile in einer Zauberlaterne spielen läßt. *)

Zu diesen Versammlungen kamen verschiedene Advokaten der Nachbarschaft, welche für die bereits zugestandne doppelte Stellvertrettung des dritten Standes stritten, und dafür zu streiten nie müde wurden. Dieß ist nichts weniger als Scherz, denn noch heutzutage streiten die Advokaten vom alten Klub Duport, wenn sie jemand finden der sie hören mag, für die doppelte Stellvertrettung des dritten Standes. Und was sollte man sich darüber wunderen, wenn man von der andern Seite sieht, daß die ächten Aristokraten, zur bejahenden Entscheidung der Frage, sich gleichfals noch ganz und gar nicht geneigt zeigen?

Die zweyte Gesellschaft war zahlreicher, ausgebreiteter, thätiger, sie versammelte sich im Garten des Palais-royal und war unter dem Namen des Klubs der Wüthenden (club des enragés) bekannt. Diese hat, indem

*) Adrian Duport ist die einzige Person, von der man sich in dieser Schrift auf eine individuelle Weise zu sprechen erlaubt hat, weil man sicher weiß, daß er, seitdem er nach England ausgewandert ist, Frankreich alles ihm mögliche Unheil, durch die genauen Kenntnisse, die er von allen Mitteln, Unruhen in Paris zu erregen, besaß, zugefügt hat. Anm. d. Verf.

sie damals nützliche Flugschriften, in allen Provinzen sehr freygebig verbreiten lies, wesentliche Dienste geleistet. Sieyes war von keiner dieser Gesellschaften, er sezte wenig Werth auf die Bildung einer Oppositionsparthey die entweder unzulänglich, oder bald vom Hofe unterdrükt seyn würde. „Wozu sich auf eine Oppositionsparthey einschränken, sagte er, wenn die Mehrheit der öffentlichen Stimmen ganz offenbar für uns ist? Wollt ihr die Herstellung der Finanzen, dem ökonomischen Geiste der Hofleute überlassen, die Errichtung einer freyen Constitution, von dem muthvollen Geiste des Oeil de Boeuf, oder von den Einsichten und der parlamentarischen Rechtschaffenheit der Messieurs erwarten?" — — Ah! damals glaubte er nicht, daß was er im Scherze sagte, die Geschichte der Revolution werden würde! Wie konnte der, Anfangs so muthvolle und durch seine ersten Siege emporgehobene Gemeingeist, gegen sich so mißtrauisch werden, und sich hinter unwürdige Nebenbuhler zurük ziehen? Wie konnte er ruhig, sie seine Stelle einnehmen, seiner eignen Siege sich rühmen, und unter dem usurpirten Namen der Fortsetzer seines Werkes, selbiges umstürzen sehen? Welche unglükliche Folgen wird dieser grosse Irrthum haben! Wozu hat die Natur dem Menschen Vorsicht gegeben, wenn dieß erhabne Geschenk ihm die Un-

kosten

kosten langer und harter Erfahrung niemals ersparen kann!

Die Versammlungen der Bailliages wurden zusamenberuffen; man reiste in grosser Menge zu denselben nach Paris. Es war zu wünschen, die Hefte oder Beschwerdenbriefe, denn so sprach man damals, möchten eine gewisse Gleichförmigkeit erhalten; es war zu fürchten, man würde unnützer Weise in den Protocollen von 1614, eine Art von Muster oder Führer für das was man thun sollte, suchen. Sieyes schrieb eilfertig einen Entwurf für die Berathschlagungen der Versammlungen der Bailliages nieder; es wurden davon zahlreiche Abschriften von verschiedenen Personen genommen.

Die Prinzen vom Geblüt hatten sich endlich offenbar gegen den dritten Stand erklärt, das einzige Haus Orleans blieb noch übrig: welchen mächtigen Einfluß diese Personen damals über die französische Nation besaßen, hat man wohl noch nicht vergessen. Die thätigsten Freunde der Sache des Volks unternahmen es, dem gefährlichen Ansehen der Prinzen, die Wage zu halten, und dazu die Mißhelligkeit die zwischen ihnen herrschte, zu benutzen; zu diesen Absichten brauchten sie den Namen des gewesenen Herzog von Orleans. Einige Patrioten schlugen Sieye'sen vor, er möchte den Entwurf einer Instruction zu Papier bringen, den man, wie man sagte, den Prinzen durch seine bevollmächtigten Procurators an die zahlreichen Baillagen seiner Herrschaften zu senden bewegen wollte. Sieyes lachte über den Vorschlag und antwortete, er glaubte nicht daß er zu Arbeiten für Prinzen bestimmt wäre. Man drang in ihn, im Namen des gemeinen Besten. Wenn dieß, sagte er, euer Beweggrund ist, warum bedient ihr euch nicht geradezu des Entwurfs zu den Berathschlagungen, den ich bereits vielen Personen mitgetheilt habe, und der euch bekannt ist? Ich kann, und dieß sag ich euch ganz aufrichtig, von dieser Schrift kein Wort weglassen, und keines ihr beyfügen; es können hier nicht zwey Ausgaben statt finden.

Man nahm nun Abschrift davon, und fügte sie ohne alle Abänderung den Verhaltungsbefehlen bey, die der Prinz anderswo machen lies: man hat ganz irrig diese zwey Dinge mit einander verwechselt. Die Verhaltungsbefehle des Herzogs von Orleans in 13 Artikeln sind nicht von Sieyes *); er hatte daran gar keinen Antheil, und kannte sie nicht früher als jedermann sie kannte. Von ihm ist weiter nichts als die kleine Schrift von ungefähr 36 Drukseiten in 8., die ohne seine Einmischung, den Verhaltungsbefehlen, unter ihrer wahren

*) Sie sind von Laclos-Choderlos.
Anm. d. Uebers.

ganz deutlichen Aufschrift, Berathschlagungen für die Versammlungen der Baillagen, angehängt ward. Es ist sonderbar, daß man so viel Freude daran fand, den entgegengesezten Irrthum, der sich auf ein elendes Quiproquo gründet, zu verbreiten. Die Sache ist sehr leicht zu erweisen. Man lese die Berathschlagungen, und man wird sich überzeugen können, ob sie das Ansehen haben, für einen Prinzen oder für irgend eine Parthei abgefaßt zu seyn. Indeß ist es dieser einzige Umstand, den so viel unüberlegte Schwäzer auffaßten, um auf ihn die Vermuthung zu gründen, es müßten zwischen dem Verfasser und dem Prinzen Einverständnisse herrschen. Der Irrthum ist handgreiflich, und die Wahrheit ist, daß niemals Verhältnisse zwischen ihnen statt gefunden haben, weder zu jener Zeit noch in irgend einer der folgenden Epochen der Revolution.

Der Pariser dritte Stand, den die Minister sehr spät zusammen zu rufen gut fanden, hatte zwanzig Abgeordnete zu den Generalständen zu ernennen. Die Wahlversammlung beschloß, kein Adelicher und kein Priester sollte gewählt werden können. Nach der neunzehnten Wahl ward jener ausschliessende Beschluß zurükgenommen, und die Mehrheit der Stimmen vereinte sich beym lezten Ballotiren für den

Verfasser der Schrift: Was ist der dritte Stand? Er hatte dieß nicht erwartet und noch weniger gewünscht.

Die Generalstände waren seit mehreren Wochen versammelt, und die Zeit vergieng in elenden Zänkereyen über die Untersuchung der Vollmachten. Das Volk und ganz Frankreich erwarteten mit Ungeduld die ersten Arbeiten der Stellvertretter des Volks; Sieyes hatte den Muth das Thau zu zerschneiden, wodurch böser Wille das Schiff am Ufer zurükgehalten hatte.

Er hielt es für Pflicht zu versuchen, die Grundsätze durch die er bekannt geworden war, durch die er seine Sendung erhalten hatte, und für die sich die öffentliche Meinung täglich auf unzweifelhaftere Art erklärte, auch in Ausübung zu bringen. Niemand hat seine Art zu sehen und die Grundsätze seiner Handlungsweise, so offen dargelegt wie er. Er sprach in der Nationalversammlung an den Tagen, des 10ten, 15ten, 16ten, 17ten, 20sten und 25sten Junius, mit Erfolg. Allein unsere Absicht geht bey diesen bloß ergänzenden Nachrichten nicht dahin, Dinge aufzunehmen, welche der Geschichte zugehören.

Man ist gegenwärtig sehr geneigt, Zeiten und Sachen unter einander zu werfen; es hat das Ansehen, als glaubte man die Revolution sey einzig das Werk einer plötzlichen Volksbewegung, eines Aufstandes gewesen: dieß ist irrig.

Die Verschwendung der lezten Regierung, und der Gnadenstoß welchen der Charlatan Calonne den Finanzen gab, waren nicht das Werk eines Aufstandes. Die Unerschrockenheit der Deputirten des dritten Standes, ihr überdachter Muth, ihr aufgeklärter Eifer für die ächten Grundsätze gesellschaftlicher Ordnung, ihre ruhige, feyerliche und entscheidende Erklärung über das was sie seyen, und über die National-Verrichtungen die ihre Sendung ihnen zu erfüllen auflegen, waren nicht das Werk eines Aufstandes.

Dieser Zeitpunkt hat Beobachter gehabt, sie können nicht vergessen haben, daß die in der reinen, aufgeklärten, und Geistesstärke besitzenden Masse der Nation, bereits geschehene sittliche Revolution, von der Nationalversammlung gegen die Mitte des Junius, vor der königlichen Allmacht, welcher sie die über das Volk usurpirten Rechte abnahm, und vor den aufgeklärten Männern aller Nationen, die sie zu Richtern über die Güte ihrer Sache und die Wahrheit ihrer Grundsätze machte, gewissermaßen von Amtswegen erklärt und gesezlich verkündet worden ist.

Sollte es nöthig seyn zu bemerken, daß dieser grosse Willensact des französischen Volkes, diese ganz unzuverkennende Revolution, vor der Vereinigung des Adels zu Stande gekommen war?

Der denkwürdige Pariser-Aufstand vom 14ten Julius, der wie durch einen electrischen Stoß sich durch alle Provinzen verbreitete; dieser, gegen die offenbar verbrecherischen und aufrührischen Beginnen des königlichen Staatsrathes nothwendig gewordene Aufstand, läßt sich von dem Vertrauen in die Nationalversammlung nicht trennen. Fern von aller falschen Vergleichung, war es ganz eigentlich das französische Volk, das damals selbst dem Gesetze Kraft lieh, und seinen Stellvertrettern die es in seinem Namen gaben, zu Hülfe kam. So ward dann neuerdings, aber mit einer unwiederstehlichen Gewißheit und Stärke, der bestimmte Wille der Nation, und die Ausdehnung der Macht, die sie ihren Abgeordneten anvertraut hatte, bewiesen.

Man durfte nur neue Gesetze geben, und das stellvertrettende System in der Staatsverfassung, diesen eigentlichen Gegenstand der Revolution, einrichten. *) Alles war bereit zu gehor-

*) Die welche von roher Demokratie in einem grossen Staate sprechen, verwechslen was die wesentliche Grundlage jeder guten republikanischen Verfassung ist, mit dem was ihre Maschine seyn soll.
Anm. d. Herausg.

chen. Die Widerstrebenden würden nachgegeben oder ausgewandert haben. Dieß war Sieyes'ens Meinung, es war die Meinung des grösseren Theils seiner Collegen unter den Gemeinen. Allein damals war der Adel in der Versammlung.

Seine Minorität fieng an, sich unter die Abgesandten der Volkes zu mischen, auf ihre Bänke zu sitzen, und sich zur linken Seite zu halten; sie lies es gegen diese, weder insgeheim an Schmeicheleyen und Versprechungen nützlichen Beystandes, noch öffentlich an geheuchelten Lobsprüchen fehlen: unvermerkt rükte sie an ihre Spitze, um ihnen auf der neuen sich eröffnenden politischen Laufbahn zu Führern zu dienen. Nun nahm der Gang der Geschäfte einen veränderten Charakter an. Man sann nur darauf, da unruhige Bewegungen zu verursachen, wo überdachte Handlungen allein nothwendig waren, an die Stelle der bisher siegreichen Waaffen der Vernunft, geheimes Ränkespiel zu bringen, und endlich allenthalben wo ein Diener der Versammlung der ihren Willen verkündigte, hinlänglich gewesen wäre, vollziehende Aufruhren anzuzetteln; so warfen sich diese Herren zu Revolutionsrittern auf; und weßwegen? sie wollten keine den Vorrechten feindliche Ordnung der Dinge emporkommen lassen; sie waren nie ernstlich gemeint, Frankreich eine auf

Gleichheit und die Grundsätze der Stellvertretung gegründete Constitution zu geben. Also mußten sie die Bemühungen derer, die nur für das Vaterland arbeiteten, und die zur eigentlichen Revolution am meisten beygetragen hatten, lähmen. Die Menge, die sich nach der lärmenden Seite stets wendet, gerieth nun in eine völlige Täuschung, so daß sie alle Ehre der Verrichtungen der Versammlung, denen beymaß, die sich nur um sie zu verderben, darein gemischt hatten.

Man muß es wiederholen, weil man sich zu sehr durch einigen Anschein hat täuschen lassen. Unter den Mitgliedern der linken Seite der ersten Nationalversammlung waren solche, die für eine Constitution arbeiteten und schrieben; die Thätigkeit der übrigen gieng nur dahin, jenen Zweck zu hinderen, und diese gaben sich den Namen der Revolutionairs, an den jene, durch die doch die Revolution zu Stande kam, nicht einmal dachten.

Eitelkeit, Ehrgeitz und Handwerksneid, brachten bald Spaltungen unter die neuen Führer. Es bildeten sich zwey Partheyen: Die Parthey Lameths und die Lafayettens. Die Glieder der Gemeinen waren leider! schwach genug, sich nach diesen Vorgängern ebenfalls zu theilen; es war nicht sowohl Zutrauen, sondern vielmehr die erniedrigenden Gewohnheiten adelicher Vorurtheile, die sie dazu verleiteten.

Die Lametsche Parthey war von Anfang an verderblich und strafwürdig. Man kann sie als eine Bande böser Buben ansehen, die immer lärmen, schreyen, Ränke schmieden, in zweck- und ordnungsloser Unruhe leben, über das Böse was sie angerichtet, und über das Gute was sie verhinderten, Gelächter aufschlagen. Man darf einen sehr großen Theil der Verirrungen der Revolution auf ihre Rechnung bringen. Noch könnte sich Frankreich glücklich schätzen, wann die untergeordneten Helfer dieser ersten Unruhstifter, in der Folge, durch eine in langen Revolutionen gewöhnliche Erbschaft, selbst zu Häuptern geworden, endlich dem Geist, von dem sie so lange getrieben wurden, entsagt hätten!

Die minder unruhige, minder zusammenhangende und vereinte Gesellschaft der Fayetisten hatte ein günstigeres und sittlicheres Aussehen. Ihre Häupter, die man lange für rein und rechtschaffen gehalten hatte, wurden zu Anfange des Jahres 1791, durch ihre Einverständnisse mit dem Tyrannen, der es niemals aufrichtig meynte, zu offenbaren Verbrechern; um alle Wendungen annehmen, und desto mehrere mit sich vereinen zu können, traten sie in der Folge einzeln auf. Unter diesen politischen Lenkern, sah man die listigsten Ränkemacher, sich um eben dieser Eigenschaft willen für die klügsten Menschen halten, und in ihrem Sinne sind sie es auch unstreitig, da sie selbst Wege gefunden haben, sich mitten in den Angelegenheiten der Republik wieder zu finden.

Die Urheber und Arbeiter der zwey ersten Monate der Revolution blieben unabhängig, an Zahl und Ansehen klein. Der französische Leichtsinn meynte sogar, sie hätten Launen! Einige Personen, die bereits damals alle Partheyen, und selbst den Hof, der sie zahlte, betrogen, übergehen wir hier mit Stillschweigen.

So wie durch gemeinschaftliche Bestechung, wieder ein Berührungspunkt zwischen Fayetisten und Lamethisten zu Stande gekommen war, so suchten sich auch wieder beyde Partheyen. Die Führer von beyden waren im Monat April 1791, über die Reise des Königs nach Saint Cloud und weiter, bey der die Pariser Magistrate schändlich hintergangen wurden, heimlich einverstanden. Der Widerstand der Patrioten erfolgte obgleich spät, doch noch zu rechter Zeit und mit gehörigem Nachdruck. Die verrätherischen Unterhändler sahen, daß keine Zeit zu verlieren wäre, sie beschleunigten die Verbindung beyder Partheyen, die zwey Monate später zur Zeit der Flucht des Königs nach Varennes, vollständig und nun für jedermann sichtbar war.

Die vereinigten Häupter wähnten sich nun durch den Besitz aller Ränkemittel, auch in dem Besitz aller Staatskunst. Aber ihre Unfähigkeit, die zu Mechiavelism und Verbrechen ihre Zuflucht nehmen mußte, öffnete vollends die Augen der Nation. Nun war man, als wäre es etwas ganz neues, über das zweydeutige Betragen, das der Adel von den ersten Tagen der Revolution an beobachtete, erstaunt. Man erinnerte sich der Bemerkungen, die von den Unabhängigen oft waren gemacht worden, besonders jener, durch die sich Sieyes so viele Feinde zugezogen hatte: „Wie kann man sich verbergen, daß nach dem Sturze der königlichen Macht, nichts weiter übrig bleibt, das uns hindern könnte, eine auf den wahren Grundsätzen ruhende Constitution zu Stande zu bringen, als treulose Handhabung der revolutionairen Gewalt. Wie kann man sich verbergen, daß die Revolutionairs gegen das stellvertretende System, immer größere Revolutionairs als wir sind, seyn werden, bis sie selbst zu Besitzern der Macht geworden, die ganze Revolution abzuschwören, nicht länger säumen werden?"

Wenn man aufmerksam das Betragen dieses Theils des Adels vor und nach dieser Zeit betrachtet, so wird man zu der Ueberzeugung gelangen, daß auch er zum Wahlspruch die Worte sich wählte: „Laßt uns, wenn es seyn muß, unsere Rechte daran wagen, um unsere Vorrechte zu vertheidigen. „ Sie haben noch strafwürdiger gehandelt, sie haben das Heil des Vaterlandes daran gewagt!

Sieyes, ganz mit seinen auf gesellschaftliche Organisation Bezug habenden Arbeiten, und seinen patriotischen Trauergefühlen beschäftigt, gehorchte, wie man leicht denken wird, keinem fremden Antriebe, und gab durch eben diese seine Standhaftigkeit, zu höchst sonderbar veränderlichen und einander ganz wiedersprechenden Gesinnungen und Aeusserungen der nemlichen Personen gegen ihn, Gelegenheit. Vor der Vereinigung, gab sich die Lametsche Parthey viel lächerliche Mühe, ihn einen Aristokraten zu schelten. Nachher erschöpfte sie ihre Kräfte, um ihn zum königsmörderischen Republikaner zu machen. Die Fayetische Parthey suchte ihn vor jener Epoche, ertheilte ihm Lobsprüche, schmeichelte ihm bis zur Uebertreibung; er war vorzugsweise der gerechte Mann, der aufgeklärte und gründliche Apostel der wahren Grundsätze; nachher verbreitete und behauptete sie mit unermüdeter Geschäftigkeit, er wäre ein Bösewicht. Dieser bey ein oder zwey Soupers beschlossenen Aenderung, folgten die meisten Pariser Gesellschaften, die sich patriotische Versammlungen nannten; beynahe alle gehörten zu einer von beyden Partheyen. Besonders zeichneten sich die Echos des ausgearteten Clubs von 1789 in dieser Art Niederträchtigkeit aus. So mußte Sieyes, weil er in Grundsätzen, Reden, Schriften und in seinem ganzen Betragen, gleichförmige Standhaftigkeit beobachtete, sich in der guten Stadt Paris, die ihm wahrhaftig keine Vorwürfe zu machen hatte, auf einmal von weiß in schwarz verwandelt sehen. Sogleich werden wir ein noch schändlicheres Verfahren des verbündeten Machiavelism gegen ihn erzählen. Zuvor aber wollen wir in Sieyes'ens politischer Laufbahn von der Eröffnung der Generalstände an, bis zu der des Conventes, drey Zeiträume unterscheiden. Der erste geht bis zum Tage, an dem er sich die Worte entfallen ließ: „sie wollen frey seyn, und wissen nicht gerecht zu seyn!"

Diese Worte wurden vom Ohr der Leidenschaft angehört, Feindschaft und Partheygeist faßten sie gierig auf, Unredlichkeit übernahm es, sie zu erklären. Durch aller vereinte Bemühungen verschwand, was man ganz unrichtig s e i n e n E i n f l u ß genannt hat. Er erkannte das Werk der Verleumdung in dem Mißtrauen das man gegen ihn äusserte. Sein Entschluß war bald gefaßt, er bestund darinn, dummes Geschwätz zu verachten, das Mißtrauen zu Erleichterung seiner Arbeiten zu benutzen, selten auf der Rednerbühne, wozu er überhaupt wenig

Tüchtigkeit in sich fühlte, zu erscheinen. Dagegen setzte er in den Ausschüssen nützliche Arbeiten fort, in so weit wenigstens, als ihm nicht Hindernisse von einer Art, die ihm zu bekämpfen unmöglich ist: Falschheit und Unredlichkeit, die von denen selbst, welchen an ihrer Entlarvung am meisten gelegen seyn sollte, unterstützt und begünstigt wird, in den Weg gelegt wurden.

So hatte er an den großen Arbeiten und den wichtigen Berathschlagungen der Versammlung, einen mehr oder minder beträchtlichen Antheil, obgleich, wäre es auch nur um der Wahrheit der Sache willen, bemerkt werden muß, daß kein einziger seiner Entwürfe unverstümmelt und ohne mehr oder weniger fremdartigen Zusatz, angenommen ward.

Ein anderer Theil seiner Vorschläge und Aufsätze blieb in den Ausschüssen vergraben, oder hat sich verloren. Kaum vermag er sich ihrer zu erinnern.

Die Leser dieser Schrift sind bereits hinlänglich unterrichtet, daß die Absicht derselben keineswegs ist, den öffentlichen und geschichtlichen Theil der Bemühungen Sieyes'ens für das Heil des Vaterlands auseinander zu setzen; seine Schriften, seine Handlungen, seine Vorschläge, seine vielleicht mit zu viel Bitterkeit geäusserten Klagen über den Empirism der Ausschüsse, und den Geist, der in der Versammlung herrschte, endlich seine traurigen Vorgefühle, die nachdem sie in Erfüllung gegangen sind, von Bösen und Uebelgesinnten, für Anzeigen seiner Mitschuld ausgegeben wurden, würden einen ganzen Band füllen. Dieß war die zweyte Periode seines politischen Lebens, sie war weniger thätig, weniger in die Augen fallend, aber nicht selten eben so arbeitsam wie die erste; sie endigte sich im Junius 1791 mit einer der ausgezeichnet schändlichsten Erfahrungen, die er im Lauf der Revolution gemacht hat. Als ihn persönlich betreffende Thatsache, findet ihre Erzählung hier Platz.

Schon seit einiger Zeit hatte Sieyes Ursache, die Zurüstungen zu der geheimen Verbindung, von der hier die Rede seyn wird, zu muthmassen. Die unbesonnensten der Führer, verhehlten in ihren gewöhnlichen Gesellschaften, die glänzenden Hofnungen einer baldigen Wiederherstellung ihrer theuren Adelsvorurtheile keineswegs, sie sprachen von der Nothwendigkeit einer nach englischer Form eingerichteten, und auf französische Weise vervollkommneten zweyten Kammer; diese, sagten sie, muß ganz natürlich Apanage der Minorität des Adels seyn. Da diese es ist, durch die die Revolution zu stande kam. Bereits hatten einige Mitglieder der Versammlung, in, wie ich gern glauben will, ganz andern Absichten, als die Führer *), aber durch die Nähe der Ränke, in der sie lebten, durch beschränkte Einsichten und großen Eigendünkel verleitet, den Vorschlag gethan, die gesetzgebende Versammlung in zwey Abtheilungen zu trennen; der Vorschlag erhielt den Beyfall vieler vortreflicher Deputirter, und war von dem adelichen Projekte der zwey Kammern sehr verschieden. Aber er konnte diesem in der Hitze oder Weitschichtigkeit der Debatten den Weg bahnen. Sieyes mußte darüber unruhig werden, er der zuerst den Unterschied der Stände bey einem Volke als ein politisches Ungeheuer, und die Einheit und Gleichheit des Volkes, die Einheit und Gleichheit der stellvertretenden Gesetzgeber, als einen gesellschaftlichen Grundsatz aufgestellt hatte.

Er wandte sich um darüber Aufklärung zu erhalten, an verschiedene der Meinungs-Häupter. Heuchlerisch versicherten ihn diese und schwuren ihm, man habe ganz und gar nicht zur Absicht, irgend etwas gegen den Grundsatz der Gleichheit vorzunehmen; dieß überzeugte ihn nicht, und er nahm sich vor, sie zu nöthigen, ihre wahren Meinungen an den Tag zu legen. Gemeinschaftlich mit einem andern Patrioten, der

*) Petion, Buzot. Anm. d. Uebers.

der seither beklagenswerthes Opfer der neusten Gegenrevolutionairs geworden ist *), verfaßte er den Entwurf einer freywillig zu unterzeichnenden Erklärung, deren Gegenstand im Grund nichts anders war, als der, fünfzehn Monate später, von der gesezgebenden Versammlung, nach dem 10ten August beschloßne Eid der Gleichheit; sie enthielt ferner das Versprechen, die Einheit und Gleichheit der stellvertrettenden Versammlung welche gesetzgebende Macht besizt, auf jeden und selbst auf den Fall, wann der bereits gethane Vorschlag der zwey Abtheilungen, durch die Versammlung sollte beschlossen werden, zu erhalten. Man darf nicht unbemerkt lassen, daß Sieyes'ens Absicht allgemeinen Beyfall fand, und er zur schnellsten Ausführung derselben, dringend aufgefordert ward.

Er glaubte damals, seinem Vaterlande einen Dienst zu leisten, der grösser wäre als alles was er bisher gethan hatte. War man aufrichtig gesinnt, so mußte sein Plan alles Mißtrauen dämpfen, alle Patrioten vereinigen, und der Staat konnte gerettet werden; waren, wie er nicht ungegründet glaubte, falsche Brüder da, so mußten sie sich entdecken, und dadurch ausser Stand gesezt werden, die Freunde der Freyheit und Gleichheit länger zu täuschen.

*) Achille Duchatelet. Anm. d. Uebers.

Sein ganzes Gefühl war von der Nothwendigkeit dieser Maaßregel durchdrungen. Wie vielem Unheil hätte sie vorgebeugt! Und nun sehe man, wie sich die in ihrem letzten Zufluchtsorte bedrohete Parthey der adelichen Ränkemacher, bey der Sache benahm.

Kaum war die Schrift, von welcher die Rede ist, unter der Presse, als sich auch bereits die Nichtswürdigen in ihren Besitz zu setzen gewußt hatten. Bereits war eine der giftigsten Schmähschriften in den Händen eines gefährlichen Narren, Salles, der durch die Vorlesung derselben bey den Jakobinern den Angriff eröffnen sollte. Man wollte ihn daselbst mit grossem Nachdrucke beklatschen, alle Veranstaltungen dazu waren getroffen. Man höre nun einen Meisterstreich von Verläumdung auf der einen, und von dummer Unwissenheit auf der anderen Seite. Noch war die Erklärung nicht öffentlich bekannt gemacht, nur einige Abdrücke waren denen, die sich zuerst Unterzeichnungen zu sammeln angeboten hatten, mitgetheilt, und Sieyes wird am 19ten Junius 1791. feyerlich von der Rednerbühne der Jakobiner angeklagt, als gehe er mit dem gegenrevolutionairen Plane um, erstens: den Adel wiederherzustellen; zweytens: zwey gesezgebende Kammern zu errichten; und drittens: in dieser sträflichen Absicht in den drey und achtzig Departements ein zu unterzeichnendes Formular verbreitet zu haben, u. s. w. Zum Beweise wird ein Abdruck der noch nicht ausgegebnen, ganz eigentlich *) gegen die zwey angeblichen Entwürfe verfaßten Erklärung vorgelegt. Die Urheber dieser Anklage, und die Leiter dieser ganzen sonderbaren Verfolgung, waren keine andere als die wahren Anhänger des Adels und der zwey Kammern. Besonders verdient bemerkt zu werden, daß am folgenden Tage (in der Nacht vom 20sten auf den 21sten) der König entfliehen sollte, und die Häupter dieser Jakobinergährung Mitschuldige der Flucht waren; die Zeit, die dieß ganze Verfahren enthüllte, hat auch die Absichten der verbündeten Anstifter aufgedeckt; sie glaubten, wann sie Sieyes'en auf die Seite schaffen, oder ihn wenigstens so verdächtig machen könnten, daß beym ersten Bekanntwerden der vorhabenden Flucht, es ihm unmöglich würde sich Gehör zu verschaffen, dadurch für das Gelingen ihrer schändlichen Absichten nicht wenig gethan zu haben; denn man kannte seine Meinung über die Ungereimtheit, jemandes Stellvertrettung anzuerkennen, der von den Vertrettenen nicht frey ist gewählt worden. Dieß erklärt den Eifer, mit dem man eine noch unausgegebne

*) Man lese die unten folgende Erklärung selbst.
Anm. d. Herausg.

Schrift anklagte, und die Stelle der Schmähschrift, in der zu früh von der Versendung in die Departements gesprochen ward. Dieß bey den Jakobinern drey Tage lang mit überlegter und vorbereiteter Wuth durchgespielte Ereigniß, empörte die kleine Zahl der unpartheyischen und rechtschaffenen Mitglieder so sehr, daß sie auf immer sich von der Gesellschaft entfernten. Die ganze Geschichte in ihren Theilen, und in den auf einander folgenden und zusamenhangenden Abläugnungen verschiedener Unterzeichneter, und einiger anderer die von geringerer Bedeutung dabey waren, ist ein Gemische kleiner und schändlicher Leidenschaften, ein Gewebe von Niederträchtigkeit und Falschheit.

Sieyes kannte die Gefahr nicht, in der er sich befand; er war im Begriff zu antworten. Er hatte bereits am folgenden Morgen (20 Juni) die Erzählung des sonderbaren gestrigen Auftrittes bey den Jakobinern, in die Druckerey gesandt, um sie der verleumdeten Erklärung beyfügen zu lassen. Er wollte noch immer seine Schrift bekannt machen. Allein die Unruhe der Gemüther am 21ten Junius, die Leichtigkeit, mit der das Publikum sich über die nahe ligendsten und einfachsten Dinge irre führen ließ; die Menge von Schwierigkeiten und abscheulichen Anschlägen jenes und der folgenden Tage; die kleine, beynahe unbemerkbar gewordne Zahl der rein und treu geblieben Deputirten; endlich die verwirrte, schaamlose, allen moralischen Gesetzen Hohn bietende Regierung der berüchtigten revisorischen Verbindung, bestimmten Sieyes'ens letzten Entschluß: sich nun völlig und gänzlich in philosophisches Stillschweigen zurückzuziehen. Die Vorwürfe, die ihm gutgesinnte Personen deßwegen machten, mußten seinen Beweggründen weichen. „Was wollt ihr?" antwortete er ihnen, „wann ich sage: zwey und zwey sind vier, so machen die Schurken die Menge glauben, ich habe gesagt: zwey und zwey sind drey. Ist man einmal so weit gekommen, wie kann man hoffen, noch nützlich zu seyn? Es bleibt nun nichts übrig, als stille zu schweigen."

Hier endigt sich, wie wir bereits bemerkt haben, die zweyte Periode von Sieyes'ens Laufbahn.

Von diesem Augenblick an, während der ganzen Sitzung der gesetzgebenden Versammlung, und bis zur Eröffnung des Konventes, ist er gänzlich und vollkommen politisch unthätig geblieben. Dieß macht den dritten Zeitraum aus, der durchaus nichts merkwürdiges darbietet, ausser allenfalls seine ruhige Verachtung der so lächerlichen als grundlosen Sagen, mit denen man sich auf seine Rechnung immerfort beschäftigte. Wir kehren wieder zur geschichtlichen Erzählung zurück.

Bey der ersten Einrichtung des Pariser Departements, war er zum Verwalter und Mitglied des Direktoriums ernannt worden. Die Schilderung dessen, was er in dieser Stelle nützliches mag geleistet haben, kann eben so wenig Gegenstand dieser Schrift seyn, als das, was er in der konstituirenden Versammlung gethan oder geschrieben hat; unsere Absicht geht keineswegs dahin, eine Lobrede auf Sieyes'en zu schreiben.

Er sollte auch Bischof von Paris werden. Er merkte, daß Freunde und Feinde ihn zu dieser Stelle befördern wollten. Allein, schon seine Ueberzeugungen, machten es ihm zur Pflicht, dieselbe nicht anzunehmen. Als die Wahlversammlung sich zur Wahl versammelt hatte, sandte er ihr seine Weigerung.

Gleich nachdem die konstituirende Versammlung ihre Sitzungen beendigt hatte, legte er seine Stelle beym Departement nieder, und begab sich eine kleine Meile von Paris aufs Land.

Man erinnert sich der ärmlichen Streitigkeiten, die zwischen dem König und der neuen Versammlung, gleich in ihren ersten Sitzungen vorfielen. Der Hof wußte sie zu benutzen. Er schuf sich schnell eine ausserordentliche Menge neuer Anhänger in den Gesellschaften der Hauptstadt. Sieyes glaubte wahrzunehmen, daß auch die Häuser, die er zu besuchen gewohnt war, von diesem schlimmen Geiste angesteckt wären: er besuchte sie nicht mehr.

Bald hatten der unheilbare Uebermuth des Hofes und seine verdächtigen Anschläge, die Unthätigkeit der Minister, verbunden mit der verbrecherischen Thätigkeit der nichtswürdigen alles leitenden geheimen Verbindung, bey den Armeen, in Paris, in den Verwaltungen der Departemens und im Auslande, jedem redlich gesinnten den fortgehenden Plan der königlichen Gegenrevolution handgreiflich gemacht. Sieyes verhehlte seine Gesinnungen über die Gewißheit der Sache sowohl, als über die thunlichsten Mittel ihren Fortgang zu hemmen und ihr entgegen zu arbeiten, keineswegs. Er war ausser Stand, auf andere Weise nützlich zu seyn. Kaum unterhielt er einige ganz einfache gesellschaftliche Verbindungen mit acht oder zehn der damaligen Deputirten; mit den warmen Patrioten der Hauptstadt, die entschloßner und mehr im Stande waren, sich gegen die Anschläge des Hofes zu verthevdigen, hatte er gar keine. Er befand sich sogar in völliger Unwissenheit über alles, was unter ihnen vorgieng.

Eben war er zum Besuche bey einem seiner Freunde, der auf einem mehr als sechszig Meilen von Paris entfernten Landgute lebte, als er die Nachricht vom 10ten August erhielt. Dieß große Ereigniß war kein Gegenstand der Verwunderung für ihn: es kam nicht unerwartet. Er schrieb nach Paris: „Wenn der Aufstand des 14ten Julius die Revolution der Franken war, so wird die des 10ten Augustes, die Revolution der Patrioten genannt werden." Allein er fügte bey: „hat sich die gesetzgebende Versammlung ihrer bemächtigt? wird sie, bis der neue Konvent versammelt ist, dieselbe ungetheilt leiten?"

Die zu Ende des Augusts und im Anfang des Septembers erfolgten Ereignisse bewiesen, daß die gesetzgebende Versammlung schwach geworden sey; sie wagte es nicht, die Zügel der Regierung zu ergreiffen, die folgenden Tage waren des 10ten Augustes unwürdig.

Sieyes'ens Hofnungen für das gemeine Beste, lebten neuerdings auf, um tiefer zu sinken; er sah den ersten Tagen des Konventes begierig entgegen. Er dachte darauf, sich für den Winter einen noch entferntern Aufenthaltsort zu wählen, als der war, wo er sich eben befand.

Während er mit diesen Gedanken beschäftigt war, vernimmt er, daß ihn drey Departements zum Konventsdeputirten ernennt hätten. Die Ernennung war wohl ohne seine Theilnahme geschehen, denn er hatte in allen drey Departements, nicht eine persönliche Bekanntschaft. Seine Neigungen und Wünsche konnten ihn nicht zur Annahme einer Stelle bewegen, in der er sich unfähig fühlte, für das Vaterland zu arbeiten. Aber, welche Zeiten! Wie hätte er den Ruf ausschlagen können? wie würde man seine Weigerung gedeutet haben? Er begab sich also auf den Weg, und kam am nemlichen Tage, am 21ten September, in Paris und im Konvente an.

Die Gegenstände, die Gestalten, die allenthalben seinen erstaunten Blicken begegneten, die Reden, die er hörte, konnten ihn wohl bey gesundem Verstande glauben machen, irgend eine magische Gewalt habe ihn ans End der Welt in ein unbekanntes Land versetzt.

Alles war ihm fremd was er antraf, ganz vorzüglich die im Ruffe stehenden Personen, denen sich nähern zu müssen, ihn ein unglückliches Schicksal verdammen zn wollen schien. Er ward aufmerksam, beobachtete, und ahndete bald ihre Absicht, sich den Konvent, den sie schon durch ihre Gegenwart entehrten, zu unterwerfen und ihn zu Grunde zu richten.

Er war Fremdling bey den Jacobinern, beym Ministerio, bey dem höllischen Pfuhle der Kriegs-Kanzleyen *) und beym Gemeinde-

*) Die beyden Minister, welche nacheinander die Geschäfte führten (bis glücklicher Weise der Wohl-

rathe *) der durch die September-Ereignisse **) alle wirkliche Gewalt an sich gerissen hatte; wo die unzusamenhängendsten Begriffe, die je das menschliche Denkvermögen geschändet haben, für ein der französischen Nation würdiges demokratisches System galten; wo ein schmutziges Aeusseres, Sittenlosigkeit, verdorbne Sprache, viehische den unreinsten und eckelhaftesten Cloaken entflohene Begierden, als Zeichen eines warmen Patriotism, als die ächten und einzigen Beweise aufrichtiger Liebe der Gleichheit ange-

fahrtsausschuß die Leitung der Armeen übernahm) hatten schlau und staatsklug, sich mit einer Legion Diebe und Betrüger umringt, denen sie die Finanzen des Kriegsdepartements Preis gaben. Diese Diebe und Betrüger, priesen nun die Tugenden Paches und Bouchotes über alles. Wehe dem, der daran zu zweifeln sich erkühnte; ohn' Erbarmen ward er in den Kerker und zum Tode geschleppt. Diese Horde von Schurken war es, die mitten im Sturze der Partheyen, durch den auch jene fallen sollten, ihnen zum Schutz diente. Wie geschah es wohl, daß Pache plötzlich den Gipfel des Patriotism erstieg, er, der zu Anfang der Revolution, da er in Zug lebte, keine französischen Zeitungen lesen mochte, so sehr waren ihm die damaligen Ereignisse, die doch wahrhaftig so blutig nicht gewesen sind, als die, die er seither geleitet hat, verhaßt. Anm. d. Herausg.

*) Wären die Thatsachen nicht noch in so frischem Andenken, als sie es sind, man würde die treuen Erzählungen aus diesem schändlichen Zeitraum der Revolution, für bittere Satyre halten.
Anm. d. Herausg.

**) Es war nicht mehr die des 10ten Augusts; wesentliche Anmerkung (des Verf.)

sehen waren; er war ihnen Fremdling, ist zu wenig gesagt; der vergiftete Hauch der königlichen Diplomatik, der Aristokratie und der verrätherischen ausgewanderten oder zurückgebliebnen Verbündeten, der durch zahllose Kanäle über die werdende Republik und ihren stellvertretenden Konvent blies, überbrachte ihr jede Feindschaft, jeden Groll, jede Wuth und den brennendsten Durst nach scheußlicher Rache. Der Gutgesinnte, der Mann von Grundsätzen, der aufrichtige Freund seines Vaterlands, wann dazu noch seinen Namen das Unglück traf, in der Revolution gekannt zu seyn, war nicht nur Fremdling, er war Feind; die Wuth aller Partheyen machte sich über ihn: sie belauerten, verleumdeten, zerrissen ihn in die Wette; untersucht ward nichts, alles ward angenommen, und war dem gern übeldenkenden Mißtrauen und der argwohnvollsten Unwissenheit, die je auf Erden lebte, gut genug. Schmerzvoll verschloß die verwundete Seele in sich den unvermeidlichen Gedanken, daß unglücklicher Weise dieß der herrschende Charakter, selbst des grösseren Theils redlicher Menschen sey! Daher die Unmöglichkeit Hülfe zu schaffen.

Die Tage verflossen in geheimer Unruhe und immer neuen Bewegungen, deren Ursachen man nur ahnden konnte. Welche Lage! in der das Andenken begangener Fehler keine Hülfe bot, in der durch Kenntniß der Sachen nichts aufgeklärt ward, und wo die heilsamsten Vorschläge kein Gehör fanden, oder für Verbrechen galten.

Mußte man sich auf die Geschichte der Revolution beruffen, so war diese eben so unbekannt oder entstellt, als wäre sie in der großen Tartarey vorgegangen. An ihrer Stelle traf man auf allen Lippen, plumpe Wiederholung alter und abgeschmackter aristokratischer Beschuldigungen, lächerliche und boshafte, seit 4 Jahren von leidenschaftlichen Menschen und den Libellisten aller Partheyen wiederholte Albernheiten an. Vergebens hätte man sich nach einem festen Punkte in der öffentlichen Meynung umgesehen. Die öffentliche Meynung schwieg; und man scheute sich nicht, diesen Namen allem dem zu geben, was die Leidenschaften aus dem Chaos von tausend und tausend persönlichen Verleumdungen ausheben wollten. Wie sich aus diesem Labyrinthe hinausfinden? an wen sich wenden? Bey jedem Versuche fand man entweder gleichgültige neutral gewordne Menschen, oder solche, denen es nicht um den Zweck, nicht um die Gründung der Republik und die Beendigung der Revolution, sondern vielmehr darum zu thun schien, dieselbe nun auch selbst, und auf ihre Weise für sich zu benutzen! Neue Ursache der Unheilbarkeit des Uebels!

Weh dem der sein Ohr den Unterredungen, den Volksgruppen, den öffentlichern Sprechern lieh! Das niederschlagende Gefühl der Verzweiflung mußte alle Kräfte seiner Seele lähmen, wann er die abscheuliche Schändung der jedem ächten Franken über alles theuren Namen hörte. Freyheit, Gleichheit, Volk, ihr ehrwürdigen Worte, ihr Vereinigungszeichen nnd sicheren Führer der berühmten Tage des 14ten Julius und des 10ten Augusts, ihr hattet eure natürliche Bedeutung verloren, und schienet im Munde so scheußlicher Menschen, selbst euch mit den Feinden des Vaterlands zur Verschwörung vereinigt zu haben.

Es sah aus, als hätten sie sich die Auflösung der schrecklichen Aufgabe vorgesezt: Wie ist es anzufangen, um die Gegenrevolution mit den Worten Freyheit und Gleichheit zu bewürken? und als hätten sie sich geantwortet: laßt uns diese Fahnen der Revolution, im Lager der Gegenrevolution aufstecken, und es werden alle Uebelgesinnten mit Entzücken, die Unwissenden durch den Schein verführt, alle Raubsüchtigen und Wütheriche, sich zu uns gesellen; die zaghaft Furchtsamen werden bald nachfolgen, und selbst jene schlangengleichen Zweyzüngler, die sich von jenen auszuzeichnen suchen, werden nicht ausbleiben; sie werden uns nur desto nützlicher werden, wann sie dabey ihre Rechnung finden. Also Muth gefaßt, laßt uns die Sprache verderben: Gleichheit sey nicht mehr Gleichheit der Rechte, und gesellschaftliche Sicherung allgemeinen Wohlstandes: sie sey nun Ungleichheit der Rechte und Gleichheit des Elendes; die Freyheit die wir verlangen, sey die Freyheit nichtswürdiger Bösewichte gegen die Freyheit guter Bürger; da wir und unsere Freunde die ausschließlichen Patrioten sind, so laßt uns auf alle anderen losschlagen, vorzüglich aber auf die, die sich zuerst in der Revolution gezeigt haben, auf die von 1789; sie haben sich übereilt, wollen wir sagen; der ächte Patriotism muß neu seyn, und soll sich nur von dem Tage an zählen, von welchem unsre Herrschaft anfangen wird. Da die verschiednen Bedeutungen die das Wort Volk hat, daßelbe zu Zweydeutigkeiten vortreflich geschickt machen, so laßt uns diesen Umstand benutzen. Für uns wie für die Aristokraten, soll das Volk nichts anders seyn, als der unaufgeklärteste, unwissendste, für Erhaltung der Ordnung am wenigsten interessirte, in seinen Leidenschaften ungezahmteste Theil der Nation; selbst diese Bedeutung ist noch zu weit umfassend, das Volk soll nur die Centralgruppe *) dieser Abtheilung der Nation

*) Es ist nicht blosser Sprachmißbrauch, der, schon zur Zeit der ersten Nationalversammlung, unter

seyn, und da die Centralgruppe anders zu thun hat, als zu unserm Dienste versammelt zu seyn, so wird man zulezt den Namen und alle Rechte des französischen Volkes, dem ersten Auflaufe geben müssen, der sich durch Zufall oder durch unsere Sorge, an einer Strassenecke, oder sonst wo gebildet hat; den wo sollte das Volk seyn, wenn es nicht in unseren Gruppen wäre? wo bliebe die Demokratie, wann gewählte Stellvertretter, und nicht vielmehr die Patrioten, die sich ihre Sendung selbst in einem Klub geben, oder sie von uns empfangen, dasselbe vertretten wollten! Gerechter Himmel! und wer es wagte, Verachtung für so gefährliche Ausschweiffungen zu äussern, der machte sich dadurch verdächtig, er war nicht auf der Höhe der Grundsätze. Welche Greuel entsprangen nicht aus dem Mißbrauche, den diese Elenden von den Worten Revolution und Revolutionair machten! Unter denselben eine politische Umwendung, die Veränderung der Constitution oder Verfassung, und die allmähligen Vortheile einer guten Gesezgebung verstehen, hieß sich den Verräthern die den Eid

den Unruhstiftern gemein war, dessen wir hier und in der Folge gedenken. Es ist von einem ordentlich entworfnen, überdachten, verfolgten, und so weit als Unvernunft durch bösen Willen organisirt werden kann, organisirten System die Rede.

Anm. d. Verf.

im Ballhause geschworen, und die Königschaft im Jahr 1789 untergraben hatten, den Gemässigten die im Jahr 1792 den Tyrannen besiegt und die Republik ausgeruffen hatten, anschliessen.

Eine wahrhafte Revolution, wie sie eine haben wollten, sollte in einer gänzlichen Umkehrung aller Dinge, und in der völligsten Zerstörung und Auflösung aller Verhältnisse und Bande, durch die Menschen und Sachen, in öffentlicher sowohl als häuslicher Ordnung, verbunden waren, bestehen; Dieß nannten sie die vollkommne Wiedergeburt eines durch die Aristokratien des Verstandes, des Handels und der Reichthümer verdorbnen Volkes. Hat nicht leider selbst ein mit Recht berühmter Schriftsteller, der, hätte er seine Schüler gekannt, von Schmerzgefühl ins Grab gesunken wäre, ein von Seite des Herzens eben so vollkommner, als von Seite des Verstandes beschränkter Philosoph, in seinen beredten, und an ausserwesentlichen Schönheiten eben so reichen als in der Hauptsache dürftigen Blättern, die Grundsätze der Staatskunst mit den Anfängen der menschlichen Gesellschaft verwechselt? Was würde man dazu sagen, wenn in einem anderen mechanischen Fache, jemand die Ausbesserung oder die Erbauung eines Linienschiffes, nur allein mit der Theorie und den Hilfsmitteln die die Wilden bey Verfertigung ihrer Boote gebrauchen, unternehmen würde?

Um nach dem Monat September 1792 revolutionair zu seyn, mußte man die zahllosen Keime von Elend und Jammer, die in allen Theilen der Republik gährten, mit trocknem Auge anblicken können; denn sagten die Ungeheuer, was ist revolutionairer als Jammer und Elend? .. Aber die Aufmerksamkeit ermüdet, und die Feder versagt die Fortsetzung des schauderhaften Gemähldes. Mögen die, deren dem Anschein nach früher empörtes Gefühl, den hartnäckigen Eigensinn mit dem der Schriftsteller so schwarze Farben aufträgt, verdammen, für einen Augenblick in sich selbst zurükkehren: was dachten sie, was thaten, was sprachen sie damals? Nur noch die einige Bemerkung: für jede Klage der Bürger, für jede tiefe Seufzer so vieler unterdrükter patriotischer Haushaltungen, für jede neue Drangsal, war immer und immer die gleiche Antwort bereit: Wir sind im Revolutionsstande; und weiter war nun nichts zu erwiedern. Wann uns die Geschichte lehrt, daß politische Krisen, nur gar zu viel Unglück, aller möglichen Sorgfalt und aller möglichen Vorsicht, mit der man ihm zuvorzukommen, es zu verhüten und zu milderen bemüht ist unerachtet, nach sich zogen; so schlossen jene daraus: alle Sorgfalt und alle Vorsicht sey unnöthig; im allgemeinen und einzelnen Unglück bestehe das Wesen einer Revolution; jene zu verhüten suchen, sey eine gegenrevolutionaire Handlung; sie beweinen, verrathe den Feind des Volks; ein wahrer Patriote müsse sie aus all seinen Kraften zu vergrössern bemüht seyn, um dadurch die erhabenste aller Revolutionen *) weiter auszudehnen und zu verbreiten; so weit war die allgemeine Desorganisation bereits gediehen, daß sie selbst die Köpfe ergriffen hatte! Das angebliche Volk das wir eben geschildert haben, des französischen Volkes unversöhnlichster Feind, hielt die Eingänge der Versammlung beständig umlagert. Bestürzt gerieth der Zuschauer in Versuchung, an einen plötzlichen Einfall neuer barbarischer Horden, an die Ankunft eines Schwarms gefräßiger und blutdürstiger Harpien, die von allen Weltgegenden hergekommen waren, um sich der

*) Würde die Täuschung des Volks über Marat, nicht so vielen Jammer und so schreckliche Schandthaten nach sich gezogen haben, so wäre es wirklich lächerlich genug, einen so unverhohlnen und entschiednen Royalisten, als Marat war, ins republikanische Pantheon bringen zu sehen. Calonne, der sich auf Charlatans verstund, hat diesen heil. Labre des Jakobiner Pöbels zum Vorschein gebracht. Hebert erklärte sich für Marats Erben, auch hat er sich der Papiere dieses angeblichen Volksfreundes bemächtiget, damit sie nicht etwa in rechtschafne patriotische Hände geriethen.
Anm. d. Herausg.

französischen Revolution als einer ihnen ganz natürlich zukommenden Beute, zu bemächtigen. *) Was war, man wiederholt es, in solcher Finsterniß anzufangen? Die Erscheinung des Tages abzuwarten. Diesem weisen Entschluß hat indeß Sieyes nicht gänzlich gefolgt.

Mehrmals hat er versucht, auf andere Weise als nur durch den ordentlichen Besuch der Sitzungen, nützlich zu seyn. Unter seine unfruchtbar gebliebnen Versuche, gehört sein Bericht vom 13ten Januar 1793, über die vorläufige Einrichtung des Kriegsministeriums. Dieser Bericht ward mit eben so inquisitorischer als neugierriger Stille angehört, nachher bis zum lächerlichen verläumdet, und zulezt von allen Partheyen verworfen.

Er hat an der Organisation einer neuen Einrichtung des öffentlichen Unterrichts gearbeitet, was mit der heillosen Raserey, die Gegenstände des Unterrichts dogmatisch zu bestimmen, und gesezlich zu beschliessen, nicht verwechselt werden darf.

Sein Plan war, als er bekannt gemacht ward (Junius 1793), der kürzeste, und noch jezt ist er der vollständigste von allen die vor-

*) Man glaube nicht, daß der Verfasser einen vollständigen Abriß, auch nur von dem Zeitmomente von welchem die Rede ist, habe geben wollen. Welche Vorbedeutung! Anm. d. Verf.

geschlagen worden sind. Der Unterrichtsausschuß der ihn gebilligt hatte, übertrug einem anderen in der Versammlung geschätzten Mitgliede *) ihn von der Rednerbühne vorzutragen.

Er ward nicht übel aufgenohmen; Der Konvent verschob die Berathschlagungen auf einen sehr nahen Tag. Das Mitglied welches den Vortrag hatte, glaubte sich, nach damals üblicher Klugheit bequemen, und ihn erst der sogenannten Centralversammlung vorlegen zu müssen, wo man nach einigen kleinen Aenderungen, nur darüber getheilt war, ob man ihn auf einmal, oder Artickel für Artickel wollte dekretiren lassen.

Am nächsten oder dem darauf folgenden Tage, wird zufällig der Name Sieyes bey Gelegenheit des Unterrichtsplanes ausgesprochen. Eifrig fragt man sich nun in gewissen Gruppen: hat er ihn gemacht? Ja. Sogleich ändert sich alles. Man giebt sich nun das Ansehen, als mißtraue man den Zwecken, den Absichten. Man liest, liest wieder. Der Affe der den Spiegel umkehrt, um das Bild hinter ihm zu finden, kann nicht kurzweiliger seyn. Nachdem man genug gesucht und vermuthet hat, glaubt man endlich wirklich etwas zu sehen. Und sehr bald ist man überzeugt, daß sich ein ganz voll-

*) Lakanal.

ständiger Plan der Gegenrevolution und des Federalism in jenem Entwurfe findet. Der Vortrager wird nicht wenig ausgescholten, daß er es wagen durfte, etwas das nicht von einem Mitglied des Berges herkäme, von der Rednerbühne vorzutragen. Es war, als hätte man ihm eine Falle legen wollen. Die Sache ward nun wichtig; man behandelt sie revolutionair. Die die auf eine Gelegenheit gelauert hatten, glaubten sie nun gefunden zu haben. Das Losungswort war gegeben.

Am 30sten Junius strömten die neuen Patrioten in den Jakobinersaal, um ein wahnsinniges Gewäsch des Redners Hassenfratz *) gegen Sieyes'en anzuhören. Die Tagblätter wiederholen es und sprechen gegen den Plan. Am folgenden Morgen wurde auf Roberspierres förmlichen Antrag, das Projekt gewaltsam und ohne Discußion verworfen. Endlich ermangelte der Wohlfahrtsausschuß nicht, Sieyes'en aus dem Ausschusse des öffentlichen Unterrichts, in den er durch einen besonderen Konventsschluß beruffen war, zu entfernen.

Dieß ist nur ein kleiner Theil der Ungerech-

*) Ein eben so bösartiges als lächerliches Geschöpf. Den republikanischen Geist sucht er im Duzen und einer rohen Sittenlosigkeit. Er gehört unter Paches vorzügliche Werkzeuge, und war einer der Anführer der Gegenrevolution des 31sten Mays.
Anm. d. Uebers.

tigkeiten, die ihn trafen. Persönliche Beleidigungen rührten ihn nicht, sie konnten und mußten ihm gleichgültig seyn. Aber in Hinsicht auf das allgemeine Beste, war es ihm wohl erlaubt, sich über sein Unvermögen gegen die Wuth eines allen Projekten und allen Organisationsplanen feindlichen Systems zu kränken...

Damals erhoben sich andere und wahrhaft unüberwindliche Hindernisse *). Sieyes, mehr als je vorher, ausser allen Verbindungen, mußte sich auf den engsten Kreis seiner Pflichten einschränken.

Noch müssen wir ein paar Worte über seine Glüksumstände sagen. Wir haben ihn mit sorgfältigster Genauigkeit und Treue, und als legte er selbst seine Rechnungen vor, schildern wollen. Zu Anfang der Revolution bestund sein Vermögen in Pfründen und Pensionen, die sich auf sieben bis achttausend Pfund jährlicher Einkünfte belieffen, in drey kleinen Leibrenten auf das Pariser Stadthaus, die zusamen 480 Pfund betrugen, und in einigen beweglichen Kapitalien die sein väterliches Erbgut und seine Ersparniße von acht bis neun Jahren begriffen. Das ganze Kapital belief sich damals auf 46 bis 47 tausend Pfund. Der Zweck seiner Ersparnisse war die Absicht die er hatte, sich so

*) Jusque datum Sceleri. *Lucan.*

bald er ein hinlängliches, freyes und bewegliches Kapital besässe, in die nordamerikanischen Freystaaten zu begeben; ihre Möglichkeit erklärt sich aus seiner einfachen Lebensweise, und daß er während zwey drittheilen des Jahres, die er regelmäßig bey seinem Bischof auf dem Lande, einige Meilen von Chartres zubrachte, keinerley Ausgaben hatte.

Nachdem die Beschlüsse, welche die geistlichen Güter in die Hände der Nation legten, gegeben waren, sah Sieyes voraus, daß er bald auf sein eigenes und unabhängiges Vermögen eingeschränkt seyn würde. Er hatte damals den Plan sein Vaterland zu verlassen, aufgegeben. Er suchte nun alle Theile seines beweglichen Kapitals zusamen zubringen, um sich wenigstens die nothwendigsten Lebensbedürfniße, und dadurch neuen Anspruch auf Unabhängigkeit zu sicheren. In dieser Absicht hat er sich bey einem sehr soliden Handelshause, tausend Thaler Leibrenten zu neun vom Hundert, oder gegen ein Kapital von ungefähr drey und dreyßig tausend Pfund verschaft. Der Kontrakt wurde zu Anfang des Jahres 1791 vor Notarien geschlossen. Das übrige des Kapitals durch einen geringen Zuwachs zu der Summe von vierzehntausend Pfund erhoben, ward einem seiner Brüder anvertraut, um damit liegende Gründe, in einer Entfernung von mehr als zweyhundert Meilen von Paris zu kauffen. Er weiß nicht was damit vorgenommen worden, und hat sich nicht weiter darum bekümmert; so daß es hier nur um der Vollständigkeit willen, bey seinem gegenwärtigen Vermögen, mit in Anschlag gebracht werden kann. Die neuesten Beschlüsse über die Pensionen oder Indemnisationen für die ehmaligen Pfründen, hatten die Pension Sieyesens wie alle anderen, auf tausend Pfund herunter gesezt. Den 20sten Brumaire des zweyten republikanischen Jahrs (a. St. 10. Novbr. 93) opferte er sie von der Rednerbühne des Konvents, dem Vaterlande. mithin besteht Sieyesens gegenwärtiges Vermögen, wie man sieht, in dreytausend Pfunden eines und achthundert und vierzig Pfund andern Theils, beydes in Leibrenten; dazu kommt die seinem Bruder anvertraute Summe, deren hier blos um genau zu seyn erwähnt wird.

Es war unmöglich, daß mitten in den revolutionairen Leidenschaften Frankreichs, Sieyes, den sein Geschick, ehe noch die Unruhen ausbrachen, an eine Stelle, auf die alle Blicke gerichtet waren, brachte, *nicht* sollte angegriffen, verleumdet und wechselsweis, von den sich erhebenden Partheyen wüthend zerrissen worden seyn. Obgleich er zu keiner gehört hat, so ist ihm doch von allen ein Einfluß beygemessen worden, den er nicht hatte. Man wollte nicht bedenken, daß wenn im Anfang und vor dem Entstehen der Partheyen, ein Mensch allein etwas leisten konnte, dieß einige Zeit nachher, als natürliche Würkung des Daseyns der Partheyen selbst, unmöglich ward.

Wenn man bedenkt, daß seine politischen Kenntnisse, in weit frühern und jeder Art von Gährung fremden Zeiten erworben waren; daß sie das Resultat mühsamer Studien über die Staatswirthschaft, langen Nachdenkens über den Menschen, über die gesellschaftlichen Einrichtungen und über die Geschichte der Staatsverfassungen waren; daß diese anhaltenden Studien, auf dem Lande, bey vollkommner Geistesruhe, und fern von den mannigfaltigen Intressen, Ränken und Leidenschaften, die sich nothwendig in die politischen Stürme mischen, vorgenommen wurden; so wird man die Stärke und Reinheit seines Eifers für das, was er als Wahrheit erkannt hat, begreiffen, und so wohl um seiner, mitten in den Stürmen stets unerschütterlich gebliebnen Grundsätze, als um seiner einfachen Lebensweise, seiner strengen Sitten, der natürlichen Geradheit seines Charakters und Geistes willen, überzeugt werden, daß dieser Mann wahrhaftig niemandem angehören konnte, als seiner Vernunft, der Gerechtigkeit und dem Wohl des Vaterlandes.

Es war aber auch natürlich, daß selbst in den Kämpfen, die dem gemeinen Beßten ganz fremd waren, jede Parthey ihn in ihren Reihen suchte, und noch natürlicher, daß, fand sie ihn nicht darinn, sie den Schluß machte, er stehe in den feindlichen Reihen. Da alle Partheyen gleichmäßig urtheilten, so fielen sie alle in den nemlichen Irrthum. Daher kommen die tausend und tausend sich wiedersprechenden Abgeschmacktheiten, die auf seine Rechnung ausgesprengt, verbreitet und behauptet worden sind, und die alle mit dem persönlichen Intresse, oder dem feindlichen Angriffe, der ihnen augenblickliches Daseyn gab, fallen mußten.

Man erlaube uns hier, ein paar allgemeinen Betrachtungen, die man, wenn man will, metaphysische nennen kann, eine kleine Stelle einzuräumen.

Der Einfluß der Vernunft ist eine Erscheinung, die wenige Menschen zu schätzen wissen. Wir mußten diese Bemerkung besonders im Anfang der Revolution machen, wo sich dieser Einfluß auf die öffentlichen Angelegenheiten sehr mächtig zeigte. Wir sahen, wie gewöhnliche Weltmenschen, über ihre Wirkungen erstaunt waren, und sie geheimem Ränkespiel zuschrieben, auch wohl nicht anders konnten, da anderartige

Vorstellungen ihrem Verstande eben so fremd, als ihrem Willen andere Beweggründe, ausser dem des eignen Vortheils, gewesen wären. Wir haben sie die Vorstellung dessen, was ein Gesetzgeber, der sich über den Kreis der Leidenschaften erhebt, die verschiedenen Intressen ohne Antheil daran zu nehmen abwiegt, die einen zurückhält, und die andern mit gerechter Hand vereinigt, seyn sollte, entweder mitleidig oder ungläubig belächeln sehen; sie würden die Schilderung, wenn sie ihr hätten Glauben beymessen können, für die eines Narren, oder eines Menschen, der weder für sich noch für andere je etwas taugen wird, gehalten haben; diese Bemerkung zeichnet ihren Charakter vollkommen. Vernunft die Moral des Kopfes, wie Gerechtigkeit die Moral des Herzens, sind ihnen, was dem Blinden die Farben sind. Liebe der Menschheit, Wunsch für gesellschaftliche Vervollkommnung, leidenschaftlicher Eifer eines vernünftigen Geistes für so große Gegenstände, übersteigen ihre sittlichen Begriffe; sie konnten nicht daran glauben, sie haben sogar keine Ahndung davon, daß die Gesellschaftskunst, jene philosophischen Köpfe eben so beschäftigen und leidenschäftlich für sich einnehmen könne, wie Mahlerey, Geschmack für Baukunst, und schöne Harmonien, den Musikliebhaber, den Baukünstler und Mahler für sich einnehmen. Dagegen glauben sie an Ehrsucht, Eitelkeit, an unsittliche Beweggründe für jede menschliche Handlung. Wir haben diese unruhigen Hüter ihrer eignen Unwissenheit, ihrer kleinlichen Mißbräuche, ihrer elenden Gewohnheiten, die Wahrheitsforscher wie feindliche Ausspäher scheuen, eine zu Auflösung politischer Aufgaben angestellte Geistesarbeit mit mißtrauischem Auge als gefährliches Beginnen betrachten, eine wissenschaftliche Zusammenstellung für eine Verschwörung halten, gesehen. Hätten diese vorgeblichen Athenienser, die Philosophen in den Hallen der Akademien spatzieren gehen sehen, sie würden sie für Diebe die sich im Walde verstecken, gehalten haben.

Für Menschen, die ihre persönlichen Grenzen für die Grenzen der menschlichen Natur ansehen, mußte die völlige Zurückziehung, das blos betrachtende und willkührlich ruhmlos dunkle Leben dessen, der nachdem er nicht unbedeutende Siege der Vernunft erfochten hatte, zum Stillschweigen seine Zuflucht nimmt, wann jene nicht mehr gehört werden kann, nicht weniger unbegreiflich seyn; der Ränkegeist, den sie allein allenthalben sehen wollen, würde in der That sich in alle Falten biegen, und keine Rolle ausschlagen, um seine Vortheile zu behalten, und um seinen Einfluß und die Herrschaft seiner Leidenschaften nicht zu verlieren. Unsere Bemerkung ist allgemein; indeß wird es dem Leser nicht schwer fallen, eine richtige besondere Anwendung davon zu machen.

Folgendes sind einige der Sagen, deren Sieyes von Seite drey verschiedener Arten von Personen beständig ausgesetzt gewesen ist.

Ist es natürlich, sagen die einen, ist es wahrscheinlich, daß Sieyes, nachdem er sich im Jahr 1789 so sehr ausgezeichnet hat, nun im Ernst Stillschweigen beobachte, ganz auf der Seite stehe, und nicht insgeheim handle? —— Die Antwort ist sehr leicht: Worauf, ich bitte, gründet ihr eure Vermuthung? seyt aufrichtig; nicht wahr, weil ihr, wäret ihr an seiner Stelle, nicht unthätig, nicht stillschweigend bleiben würdet? Nun! was beweist aber dieß? daß Sieyes euch nicht gleichet; und weiter nichts.

Ein paar Neigungen und Leidenschaften mehr, oder ein paar weniger, so wird der, dem das Betragen eines andern unbegreiflich ist, der erste seyn, es ganz einfach, natürlich und vernünftig zu finden.

Andere drücken sich so aus; es sind die Revolutionisten neuern Datums; die regierenden Patrioten. *) Sie haben eine ganz eigne Spra-

*) Man vergesse nie die Zeit, in der diese Blätter geschrieben wurden. Anm. d. Verf.

che: wir wollen sie mildern. „Der schändliche „Sieyes! sagen sie, da kann man lange su- „chen; seht einmal, was der für ein tiefer „Bösewicht seyn muß, da wir ihm nirgends „auf die Spur kommen können."

O Logik der Leidenschaften! Diesen des höhern Lustspiels wann es einst in der Hölle gespielt wird, würdigen Zug, haben wir nicht ein, sondern wohl zwanzigmal in ähnlichen oder gleichbedeutenden Ausdrücken gehört. Ah! wer vermöchte ihn auch zu erfinden? Wie treflich erinnert er an die Worte eines andern Henkers, der eines seiner Schlachtopfer frey zu lassen gezwungen ward: Der Schurke! er war unschuldig.

Was die Schmähungen der Aristokraten betrift, so haben diese Leute wenigstens einigen Grund, weswegen sie den entschiedensten Feind ihrer Vorrechte und ihrer noch unerträglichern Anmaßungen verfolgen, sie haben seiner nicht geschont; aber zu ewigen Wiederholungen verdammt, erfüllen sie noch jezt eine Aeusserung, die Sieyes zu anderer Zeit gethan hatte. „Die Aristokraten, sagte er, leben nur von Wiedererinnerungen. In der That vormals wälzten sie sich in dem Gedächtniß ihrer Eitelkeiten fort; jetzt nähren sie sich von dem Gedächtniß ihres Grolles: in jedem Fall vermögen sie nicht die Vergangenheit zu verlassen."

Welche Menschen! Immer abgewiesen und getäuscht, versuchen sie doch immer von neuem, ihre alten abgenutztesten Verleumdungen wieder zum Vorschein zu bringen. Jetzt wie vormals suchen sie glauben zu machen, Sieyes sey hinter dem Vorhange. Hinter dem Vorhange! Der dichteste von allen ist der, den ihr vor eure Augen gehängt habt; Unglückliche! die ihr um der wohlthätigen Gleichheit der Rechte zu entgehen, in die Höhle der grausamen Ungerechtigkeit flohet; die ihr, um ich weiß nicht welchen eitlen Dunst, den der leichteste Hauch allgemeiner Vernunft zerstreuet, zu erhalten, alle Laster und alle Vorurtheile Europas aufgewiegelt, und gegen unser gemeinschaftliches Vaterland bewaffnet habt.... Sieyes hinter dem Vorhang! und ihr habt den schändlichen Verdacht nicht einmal aufgegeben, als ihn die Umstände abscheulich machten! An welchen Spuren glaubt ihr dann ihn erkennen zu wollen? Prüfet das standhafte, gleichförmige und gerade Betragen Sieyes'ens während der ganzen Revolution, und vergleichet damit im Ernste wenn es möglich ist, das wie die Ereignisse bewegliche Bild, das eure an Traumgesichten so fruchtbare Einbildungskraft von ihm entwerffen will. Wie! der immer wechselnde revolutionaire Unbestand, der so viele im Dunkel vergrabne Dinge, so viel persönlichen Detail und so viele geheime Verbindungen ans Tageslicht brachte, hat euch bey keiner einigen Gelegenheit Siehes'ens Namen verkündet, hat nicht ein einigesmal eure erbärmlichen Vermuthungen bestätigt, und dennoch besteht ihr hartnäckig auf eurer Behauptung: er sey hinter dem Vorhang! Welch ein sonderbarer Vorhang, dessen die Zeit immer schonet, während er für nichts Schonung beobachtet. Welch ein geheimnißvoller Vorhang, den weder Vorwürfe mißlungner, noch unvorsichtiger Taumel gelungner Dinge, weder die Aussicht von Gefahren, noch die Bemühungen der Feinde, weder der Machiavelism so vieler Führer, noch die inquisitorische Niederträchtigkeit so vieler Diener, noch der aufeinander folgende Sturz der Partheyen und der entgegengesetztesten Personen, zu durchdringen vermochte. Sagt uns doch, ihr grossen Beobachter, was gibt es zu Beurtheilung eines einzelnen Menschen für ein strengeres, unpartheyischeres Reinigungsscrutin, nach dem ihr eine Entscheidung fällen konntet, die wahrhafter, ein Urtheil, das unbestreitbarer wäre, als folgendes ist: so oft Sieyes handeln wollte, hat er das öffentlich und für jedermann sichtbar gethan; wo man ihn nicht gesehen hat, da ist er auch nicht gewesen. Es gibt, um mehr noch zu sagen, in der That keinen Charakter, der dem

Rän-

Ränkegeiste, dem ehrsüchtigen Geschäftsgeitze, der Kunst seine Meinungen zu verbergen, der Neigung die Meinungen anderer auszuspähen, und seine eignen heimlich an ihre Stelle zu bringen, endlich den geschmeidigen und gelenksamen Formen, die so wesentliche Eigenschaften der Herrscher und Lenker sind, mehr zu wieder wäre, als der seine. Sieyes besitzt durchaus das Gegentheil alles dessen, was er besitzen müßte, um die Rolle zu spielen, die ihr ihm so grundlos anweiset.

Die neueste Albernheit, die man gegen ihn erdacht hat, ist die, daß man ihm unter den Arbeitern Robespierrens eine Stelle anwies; dieß Gerücht ist im Auslande verbreitet, und findet im Innern, bey vielen Personen die nur zu horchen wissen, und was sie gehört haben, ohne je es zu prüfen, wiederholen, Gehör. Die, die sich dadurch täuschen liessen, mögen nach folgender Thatsache, gegen die sich bey der Lage der Dinge und bey so zahlreichen vorhandenen Zeugen, kein Zweifel erheben läßt, entscheiden.

Sieyes hat niemals mit Robespierren gesprochen, noch Robespierre mit Sieyes'en. Dieß wäre gar nichts ausserordentliches, wenn sie nicht beyde Mitglieder der konstituirenden Versammlung sowohl, als des Konventes gewesen wären. Dieser Umstand macht die Sache bemerkenswerth. Nie also hat zwischen diesen beyden Menschen ein geredetes oder geschriebenes Wort statt gefunden; nie haben sie sich zusamen, weder bey Tische, noch in Gesellschaft gefunden; niemals haben sie in der Versammlung neben einander gesessen. Robespierre hat Sieyes'en, ohne ihn zu nennen, sowohl bey den Jakobinern, als im Konvente, drey oder viermal angegriffen; Sieyes hat nicht geantwortet. Die Herzählung ihrer Verhältnisse ist wie man sieht, sehr kurz; nichts destoweniger enthält sie die vollständige reine und bekannte Wahrheit. Sieyes war also zuversichtlich der letzte Mann, den man versuchen könnte, Robespierren beyzugesellen; und gerade auf ihn haben, der immer rege Witz und die Wahrheitsliebe der Aristokraten, jenes Meisterstück von Verleumdung, dessen wir eben gedacht haben, gebaut. Wie war es ihnen aber möglich, ein so offenbar von aller Wahrheit entblößtes grundloses Gerücht in Umlauf zu bringen? Wie es ihnen möglich war? Fraget die Unwissenheit, den Leichtsinn, den blinden Haß, die zusamen hinlängliche Gründe für alle Dummheiten der Welt seyn können.

Freywillige Erklärung, die den Patrioten der drey und achtzig Departements vorgeschlagen wird, am 17ten Junius 1791.

Diese Erklärung ward den 19ten Junius 1791 bey den Jakobinern denuncirt, als sey die Wiederherstellung des Adels und die Bildung zwey gesetzgebender Kammern nach englischer Form, ihre Absicht! Was noch sonderbarer ist, ganz Paris, und vielleicht ganz Frankreich, glaubten wenigstens acht Tage durch, diese dumme Verleumdung! Man urtheile nun, ob dem Verfasser der Erklärung, das Recht stillzuschweigen zukam.

Anm. d. Herausg.

Vorerinnerung.

Es entspinnen sich heimlich eine, vielleicht mehrere Verschwörungen gegen die Freyheit, deren Gefahr um so grösser ist, da man kein sicheres Zeichen hat, durch das sich Menschen, die wahrhaft frey seyn wollen, von denen unterscheiden liessen, die nur nach eigner Herrschaft, oder nach einem Herren streben, an den sie sich verkauffen zu dörfen hoffen können.

Der Bürgereyd sichert uns nicht hinlänglich: er ist von Menschen geschworen worden, die offenbare Feinde der Grundsätze der Gleichheit sind, von Menschen, die sich nicht scheuen gegen die Erklärung der Rechte sowohl, als gegen jede auf Philosophie gegründete Staatskunst zu sprechen; die sich endlich zu Aposteln des schändlichsten Machiavelism aufgeworffen haben.

Zudem, was enthält jener Eyd? das Versprechen, der Nation, dem Gesetz und dem König treu zu seyn. Der dumme Sclave, der den Willen des Herrn nicht vom Gesetze, noch einen Menschen von der Nation zu unterscheiden vermag, wird den Eid schwören, und nichts destoweniger unser Feind seyn. Wenn auch das Versprechen, die von der Nationalversammlung beschlossene und vom König angenommene Konstitution aufrecht zu erhalten, bestimmter ist, so hindert das nicht, daß eine Menge Leute behaupten, sie hätten den Eid nur auf die Konstitution, wie sie im Februar 1790 und besonders vor der Sitzung des 19ten Junius war, geleistet. Die Nationalversammlung selbst, hat den ersten Eid für unzulänglich gehalten, da sie von dem geistlichen Stande einen neuen, und nun ganz kürzlich vom Militarstand ebenfalls einen neuen verlangt hat.

Wie lange wird man sich noch Worten anvertrauen, die am Ende keinen andern Sinn haben können, als den ihnen die Ereignisse geben.

Kann man glauben, die Feinde des französischen Volkes würden, wenn ihne ihre abscheulichen Anschläge gelingen sollten, sich nicht ein

Schattenbild von Nationalversammlung zu bilden wissen, das sich mit der Erhaltung ihrer Tyranney sehr gut vertragen würde? Würde auf diesen Fall, eine durch Ueberraschung oder Zwang erhaltne königliche Annahme, nicht ihren ersten Wünschen entsprechen. Würde die in ihrem Solde stehende Räuberhorde Anstand nehmen, sich in allen ihren Manifesten, die französische Nation zu nennen?

Von der andern Seite muß man gestehen, daß unglücklicher Weise, zum Theil aus böser Absicht, zum Theil aus Uebereilung, gegen eine große Zahl Bürger unverdienter Weise Verdacht ist erregt worden. Bloße Meinungsverschiedenheiten über einige Punkte des Staatsrechts, oder auch wohl nur der Verwaltung, sind als Verräthereien gegen die Sache der Freyheit angesehen worden. Ungerechtigkeiten verdammen, sich über Gewaltthätigkeiten empören, über die Stelzensprache der Heuchler oder Narren lachen, hieß sich für einen Feind der Konstitution erklären. Weder ein von langem her erworbner Ruf des rechtschaffnen Mannes, noch das öffentliche Bekenntniß der reinsten gesellschaftlichen Grundsätze, vermochten gegen diese Verleumdungen zu schützen. Und doch ist es endlich nothwendig geworden, daß wir mit einiger Gewißheit unsere wahren Freunde, und unsere Feinde kennen lernen; die Zeitumstände sind dringend.

Aus diesem Gesichtspunkt und in unserer Lage, ist es nicht eben nöthig, ein konstitutionelles Ganzes vorzulegen; so rein dasselbe auch seyn möchte, würde es zu viel Erklärungen, zu viele Auseinandersetzungen erfordern. Das Merkzeichen, an dem sich die wahren Patrioten erkennen müssen, soll zu gleicher Zeit sicher, leicht und auffallend seyn.

Vor weniger Zeit noch, hätte der bloße Name der Freyheit, gute und schlechte Bürger von einander trennen können. Nun ruffen alle sie an, und die sie am meisten hassen, wollen sie zu lieben scheinen. Wir müssen also anderswo den unterscheidenden Charakter, den wir wünschen, suchen. Die Liebe oder der Haß der Gleichheit, giebt uns den sichersten und ausgezeichnetesten. An die Gleichheit muß man sich halten; denn über diesen Punkt haben sich die Revolutions-Tartüffen noch nicht ganz zu verstellen gelernt. Ja, ihren Aeusserungen nach, soll dieser Grundsatz täglich mehr in Abnahme kommen; immer unentschiedner werden. Welcher Irrthum! und wie nothwendig wird es, ihm entgegen zu arbeiten!

Eben so leicht sind alle diese falschen Freunde des Vaterlands, die für dasselbe eine halbe Freyheit und für sich selbst Vorrechte verlangen, an der Vorliebe, die sie nicht verbergen können, für zwey Kammern, und für, ich weiß nicht welchen englischen Gegengewichtsplan, der im Grunde nichts anders, als ein System von Bestechung, ein Gleichgewicht von Habsucht und Sclaverey ist, zu erkennen.

Es ist klar, wie wichtig es für den Fortgang der Revolution und für die Einrichtung der Konstitution ist, daß die Deputirten, so auf uns folgen werden, nur aus den Bürgern, welche über die beyden Fundamentalpunkte: Gleichheit der Rechte, und Einheit der Versammlung, kein Verdacht treffen kann, gewählt werden.

Deßnahen schlägt man allen Patrioten, die freywillige Unterzeichnung einer in diesem Geiste aufgesetzten Erklärung, die uns endlich Aufschluß über diejenigen so unser Zutrauen verdienen, geben soll, vor. Es ist keinem Zweifel unterworfen, daß die, welche freywillig diese Erklärung unterzeichnen werden, sich dadurch allein schon, von jeder gegen die Freyheit und Gleichheit gerichteten Parthey trennen, und sich in der Folge nicht mehr mit unsern Feinden, ohne sich, selbst in derselben Augen, zu entehren, vereinigen können. Dieß ist der Vorzug, welchen freye Verpflichtungen vor erzwungenen Eiden haben müssen.

Freywillige, den Patrioten der drey und achtzig Departements, am 17ten Junius 1791. vorgeschlagne Erklärung.

Erster Abschnitt.

Ueber die Gleichheit.

Da mein Wille ist, frey zu seyn, nicht für mich allein, nicht mit einigen nur, sondern mit allen meinen Mitbürgern.

So erkenne und bekenne ich, daß keine allgemeine Freyheit anders, als auf den Grundsatz der Gleichheit gegründet, möglich ist.

Ich erkenne also, daß alle erblichen Vorrechte, alle auch blos eitlen und eingebildeten auf die Geburt sich gründenden Auszeichnungen, zu gleicher Zeit eine unmittelbare Verletzung der Rechte der Gleichheit und eine Beschimpfung der Vernunft sind. Ich stimme also dem Gesetze das dieselben in Frankreich vernichtet, nicht allein als einem gerechten und weisen Gesetze bey, sondern ich erkläre auch, daß ich mich der Wiederherstellung irgend einer Auszeichnung oder eines Vorrechts dieser Art, durch alle rechtmäßigen Mittel wiedersetzen werde; ich verspreche und verpflichte mich, niemals irgend etwas von der Art, unter welcher Form und Vorwand es auch geschehen, und von welcher Gewalt oder Autorität es auch herkommen möchte, für mich anzunehmen.

Zweyter Abschnitt.

Ueber die Einheit der stellvertrettenden Versammlung.

Ich erkenne, daß in einer politischen Gesellschaft, das Gesez, der Ausdruk des allgemeinen Willens der vereinigten Glieder ist, und nichts anderes seyn kann; daß dieser Wille in Frankreich durch die Versammlung der Stellvertretter der Nation soll ausgesprochen werden, daß dieß durch keine andere Versammlung, keinen Körper, keinen einzelnen Menschen, einzig die königliche Sanction so wie sie durch die Constitution ist bestimmt worden vorbehalten, geschehen kann.

Daß zum Wesen der Versammlung der Stellvertretter, Einheit gehört, sie also sich nicht auf eine Art trennen kann, woraus mehrere Ganze oder Kammern entstünden, von denen die eine über die andere ein Veto besässe, gleichviel ob man diesen Kammern die nemlichen oder verschiedne Verrichtungen in Bezug auf Gesetze, anwiese.

Daß auf den Fall, wenn die constituirende Versammlung, da sie die Entscheidung der Frage über die zwey Abtheilungen verschoben hat, die Errichtung derselben, für die Gesezgebung nützlich finden sollte, diesen beyden Abtheilungen oder Ausschüssen keinerley Recht oder Eigenschaft durch die sie dem System der zwey Kammeren gleich kämen, gegeben werden kann, und daß also z. B. keine der beyden Abtheilungen ein Veto gegen die andere besitzen würde; daß, da sie errichtet wurden, um von einander getrennt, zu berathschlagen und zu untersuchen, sie sich niemals als zwey verschiedene Ganze, sondern nur als zwey Abtheilungen eines einzigen Ganzen ansehen können; daß mithin es weder der einen noch der anderen erlaubt seyn könne, ihre Entscheidung oder ihren Willen nach der Majorität ihrer Glieder zu geben, sondern, daß ganz nothwendig die Stimmen in den Abtheilungen einzeln gezählt werden müssen, damit bey der nachherigen Aufzählung aller dieser einzelnen Stimmen aus der einen sowohl als aus der anderen Abtheilung, sich die wahrhafte Majorität und mithin der eine Wille der ganzen und einen Versammlung der Stellvertretter der Nation, völlig so als wenn alle beysamen an einem und demselben Ort gestimmt hätten, ergebe.

Und um über diesen Punkt, der mir von äusserster Wichtigkeit zu seyn scheint, alle Zweydeutigkeit und Dunkelheit zu vermeiden, so wiederhole ich mit anderen Worten: wann die Constitution beschliessen würde, die Deputirten sollen in zwey, wohl verstanden, gleichartigen, an zwey von einander getrennten Orten sich versammelnden Abtheilungen berathschlagen und untersuchen, so erheischt der Fundamentalgrundsatz der Einheit der Kammer, daß die einzige und wahre Majorität, die allein das Gesetz giebt, nicht aus den zwey nach der Majorität gebildeten Abtheilungen oder partiellen Willen bestehe, sondern aus dem Uebergewicht der einzelnen von der ganzen Anzahl der Stimmengebenden in beyden Abtheilungen gesammelten und nach bestimmten Regeln, wie sie bey allgemeinen Aufzählungen der Stimmen, in Fällen wo eine zu zahlreiche Stimmenzahl sich in mehrere Abtheilungen theilt, gebräuchlich sind, miteinander verglichenen Stimmen.

Nachdem ich auf diese Weise die wesentlichen Merkmale, durch die sich das constitutionelle System der zwey Kammern, von dem der zwey gleichartigen Abtheilungen oder Ausschüsse einer einzigen Kammer unterscheidet, anerkannt habe, erkläre ich, daß ich mich aus allen meinen Kräften, jedem Versuche, in Frankreich mehrere gesezgebende Kammern zu errichten, gleichviel ob man ihnen die nemlichen oder verschiedene Verrichtungen übertragen wollte, widersetzen werde.

Dritter Abschnitt.

Ueber den Gehorsam gegen das Gesez und die rechtmäßigen Mittel seine Verbesserung zu erhalten.

Ich erkenne endlich und ich erkläre, daß, was auch immer meine besondere Meinung über einige der vom Könige angenommuen oder sanctionirten Beschlüsse der Nationalversammlung seyn mag, ich mich denselben gänzlich und bey jeder Gelegenheit unterwerfen werde, wie man sich dem Gesez unterwerfen soll, so lange bis sie von der constitutionellen gesezgebenden Versammlung zurükgenommen, oder verändert worden sind.

Ich schwöre, daß ich die Aenderung oder Verbesserung der Gesetze die meiner Ueberzeugung zuwider sind, durch keine anderen Mittel zu erhalten suchen werde, als durch diejenigen, die das Gesez selbst an die Hand giebt, nemlich: durch Aufklärung in mündlicher Unterredung, durch Schriften, durch ruhige und gemäßigte Bittschriften, durch den Einfluß meiner Stimme zur Wahl sowohl der Wahlherren, als wann ich selbst Wahlherr bin, zu der der Deputirten zur Nationalversammlung, endlich durch alle Kraft und Stärke meiner Meinung in der Versammlung der Stellvertretter der Na-

tion, wann ich durch den Willen meiner Mitbürger in dieselbe geruffen bin.

Ich schwöre überdem, in Verbindung und Gemeinschaft mit allen guten Bürgern, aus allen Kräften mich den verbrecherischen Menschen zu widersetzen, die den Umsturz des Gesetzes in seinen Theilen oder in seinem Ganzen versuchen, oder gewaltthätige Angriffe gegen dasselbe vornehmen wollten.

Einleitung zur Constitution.

Anerkennung und erklärende Auseinandersetzung der Rechte des Menschen und des Bürgers, am 20sten und 21sten Julius dem Constitutionsausschusse vorgelesen von Sieyes. *)

Vorerrinnerung.

Grosse Wahrheiten lassen sich den Menschen auf zwey Arten vortragen. Die erste besteht darinn, daß man sie ihnen als Glaubensartikel auferlegt, und mehr das Gedächtniß als den Verstand damit beladet. Viele Leute behaupten, bey dem Gesetz müsse dieß immer geschehen. Wäre dieß auch entschieden, so ist eine Erklärung der Rechte des Bürgers keine Reihe von Gesetzen, sondern eine Reihe von Grundsätzen. Die zweyte Art, wie sich die Wahrheit vortragen läßt, ist die, daß man sie ihrer ersten Wesenheit, der Vernnnft und eignen Ueberzeugung nicht beraubt. Man weiß wahrhaft nur das, was man durch seine Vernunft

*) Reconnaissance & exposition raisonnée des droits de l'homme & du citoyen. Lu les 20. & 21. Juillet 1789 au Comité de Constitution. Par Sieyes. (8 a Paris ch. Baudoin 1789.)

weiß. Ich glaube dieß sey der Weg, den die Stellvertretter der Franken des achtzehnten Jahrhunderts einschlagen müssen, um mit denen von welchen sie ihre Sendung empfangen haben, zu sprechen. Es giebt ebenfals zwey Weisen wie man deutlich und verständlich seyn kann. Die erste besteht darinn, daß man von seinem Gegenstande, alles was Aufmerksamkeit erheischt, alles was ausser dem Kreise alltäglicher Dinge, die jedermann bekannt sind, gelegen ist, entfernt. Nichts ist in der That für den grossen Haufen der Leser einfacher und deutlicher, als eine nach dieser Regel verfertigte Arbeit; will man aber seinen Gegenstand gründlich behandlen, ihn so darstellen wie seine Natur es erheischt, alles sagen was zu ihm gehört, und alles weglassen was nicht zu ihm gehört, so muß man nach einer anderen Art von Deutlichkeit streben. Diese verlangt durchaus Aufmerksamkeit.

Uebrigens wird man am Schlusse dieser kleinen Schrift, eine Reihe von Grundsätzen finden die nach Art der bisher bekannt gewordenen Erklärungen der Rechte, und für die grosse Zahl von Bürgern, die an das Nachdenken über die Verhältnisse des gesellschaftlichen Menschen, weniger gewohnt sind, abgefaßt ist.

Anerkennung und erläuternde Erklärung der Rechte des Menschen und des Bürgers.

Die zur Nationalversammlung vereinigten Stellvertretter der französischen Nation, erkennen daß sie durch ihre Sendung den besondern Auftrag empfangen haben, die Constitution des Staates neu zu gründen.

Deßnahen und in Kraft dieses Auftrags, stehen sie im Begriff constituirende Macht auszuüben; dennoch aber, da die gegenwärtige Stellvertrettung nicht strenge und völlig demjenigen gemäß ist, was die Natur einer solchen Macht erheischt, so erklären sie, daß die von ihnen der Nation zu gebende Konstitution, zwar vorläufig für jedermann verpflichtend, aber schließlich und entscheidend nur dann erst gültig seyn wird, wann eine neue ausserordentliche zu diesem einzigen Geschäfte zusammenberufne constituirende Macht, ihr die Zustimmung wird gegeben haben, welche die Strenge der Grundsätze fordert.

Die Stellvertretter der französischen Nation, die von diesem Augenblicke an constituirende Macht ausüben.

In Betrachtung daß jede gesellschaftliche Verbindung, mithin jede politische Constitution keinen anderen Endzwek haben kann, als die

Rechte

Rechte des Menschen und des Bürgers bekannt zu machen, zu erweitern, und zu sichern.

Halten es für ihre Pflicht, sich zuerst mit Anerkennung dieser Rechte zu beschäftigen, und glauben, ihre erläuternde Auseinandersetzung müsse dem Constitutionsplane, als eine ganz unentbehrliche Einleitung vorausgeschikt werden; es werde dadurch allen politischen Constitutionen der Gegenstand oder das Ziel vorgestekt, dessen Erreichung alle ohne Unterschied entgegen streben müssen.

Deßnahen dann die Stellvertretter der französischen Nation, durch bestimmte und feyerliche Bekanntmachung, die folgende Erklärung der Rechte des Menschen und des Bürgers anerkennen, und als geheiligt aufstellen.

(Des Menschen Bedürfniß und Befriedigungsmittel.)

Der Mensch ist vermöge seiner Natur Bedürfnissen unterworfen; aber durch eben seine Natur ist er auch im Besitze der Mittel sie zu befriedigen.

Beständig fühlt er den Trieb nach Wohlseyn; allein er hat Verstand, Willen und Kraft erhalten: den Verstand zum erkennen, den Willen um Entschlüsse zu fassen, und die Kraft um sie auszuführen.

Mithin ist Wohlseyn der Zweck des Menschen; seine geistigeu und körperlichen Kräfte sind seine persönlichen Mittel, durch die er sich alle ausser ihm befindlichen Güter und Mittel deren er bedarf, zueignen oder verschaffen kann.

(Wie er sich ihrer gegen die Natur bedient.)

Der Mensch, mitten in die Natur versezt, sammelt ihre Gaben; er wählt sie, vervielfältigt sie, vervollkommnet sie durch seine Arbeit: Zu gleicher Zeit lernt er was ihm schädlich seyn könnte vermeiden, demselben zuvorkommen; er schüzt sich so zu sagen gegen die Natur, mit den Kräften die er von ihr selbst empfangen hat; er wagt es sogar gegen sie zu kämpfen: Sein Kunstfleiß vervollkommnet sich stets, und die in ihren Fortschritten unbeschränkte Kraft des Menschen, unterwirft sich mehr und mehr alle Kräfte der Natur.

(Wie er sich ihrer gegen seines Gleichen bedient.)

Mitten unter seines Gleichen versezt, fühlt er sich von einer Menge neuer Verhältnisse umgeben. Die anderen Menschen zeigen sich ihm entweder als Mittel oder als Hindernisse. Also kann ihm nichts wichtiger seyn, als seine Verhältnisse zu anderen Menschen.

Wollten die Menschen in einander nur gegenseitige Mittel der Glükseligkeit sehen, so könnten sie friedlich ihre gemeinschaftliche Wohnung die Erde besitzen, und ruhig mit einander ihrem gemeinschaftlichen Zwek entgegen wandeln. Sehen sie sich aber einander als Hindernisse an, so ändert sich die Ansicht, bald bleibt ihnen nur die Wahl übrig, zu fliehen oder in immerwährendem Kampfe zu leben. Das Menschengeschlecht erscheint nun als eine grosse Verirrung der Natur.

(Zweyerley Verhältnisse der Menschen zu einander.)

Die Verhältnisse der Menschen zu einander, sind also von verschiedener und gedoppelter Art: die so aus einem Stand des Krieges der sich nur auf Gewalt gründet, und die so frey aus gegenseitigem Vortheile entspringen.

(Unrechtmäßige Verhältnisse.)

Die Verhältnisse die sich auf Gewalt allein gründen, sind verwerflich und unrechtmäßig. Zwey Menschen, da sie beyde Menschen sind, besitzen die Rechte welche aus der menschlichen Natur herfliessen, in gleichem Grade.

(Gleichheit der Rechte.)

Mithin ist jeder Mensch Eigenthümer seiner Person, oder keiner ist es. Jeder Mensch hat das Recht über seine Mittel zu schalten, oder keiner hat dasselbe. Die Mittel jedes einzelnen, sind von der Natur selbst an die Bedürfnisse jedes einzelnen geknüpft. Wer die Bedürfnisse hat, muß also auch frey über die Mittel schalten. Es ist dieß nicht blos ein Recht, es ist eine Pflicht.

(Ungleichheit der Mittel.)

Unstreitig finden große Ungleichheiten der Mittel unter den Menschen statt. Die Natur bildet Starke und Schwache; sie theilt den einen Einsichten mit, die sie andern versagt. Daraus folgt, daß auch Ungleichheit in den Arbeiten, Ungleichheit im Ertrag derselben, Ungleichheit im Verbrauch und Genuß seyn werden; aber es folgt nicht, daß auch Ungleichheit der Rechte statt finden könne.

Da die Rechte aller, einen und denselben Ursprung haben, so folgt, daß der, welcher einen Eingriff in das Recht eines andern vörnehmen wollte, die Grenzen seines eignen Rechtes überschreiten würde; es folgt, daß das Recht jedes Einzelnen, von allen andern müsse erkannt und geachtet werden, und daß dieß Recht und diese Pflicht nothwendig gegenseitig seyn müssen. Also hat der Schwache über den Starken eben das Recht, das der Starke über den Schwachen hat: Wann es dem Starken *gelingt*, den Schwachen zu unterdrücken, so *bringt* er Wirkung hervor, aber *keine* Verpflichtung. Weit entfernt dem Schwachen eine Pflicht aufzuladen, erweckt er in ihm die natürliche und unzerstörliche Pflicht, der Unterdrückung entgegen zu arbeiten.

Mithin ist es eine ewige Wahrheit, die den Menschen nicht genug wiederholt werden kann, daß die Handlung, durch die der Starke den Schwachen unterjocht hält, niemals ein Recht werden kann, und daß im Gegentheil die Handlung, durch die der Schwache sich dem Joche des Starken entzieht, immer ein Recht, immer eine dringende Pflicht gegen sich selbst ist.

(Rechtmäßige Verhältnisse.)

Man muß also allein bey denjenigen Verhältnissen stehen bleiben, welche die Menschen unter einander rechtmäßig verbinden können; das will sagen, bey denjenigen, die auf einer wirklichen Verbindlichkeit beruhen.

(Jede Verbindlichkeit beruht auf dem Willen.)

Keine Verpflichtung kann bestehen, die nicht auf den freyen Willen derer, die die Verpflichtung mit einander eingehen, gegründet ist. Also giebt es keine rechtmäßige Verbindung, wann sich diese nicht auf einen gegenseitigen, freywilligen und freyen Vertrag, der miteinander Verbündeten gründet.

Da jeder Mensch, was zu seinem Wohlergehen dient, wollen soll, so kann er, wann er glaubt es diene zu seinem Vortheil, gegen seines Gleichen Verpflichtungen eingehen wollen, und er wird es wollen.

(Der gesellschaftliche Stand, eine Fortsetzung des Naturstandes.)

Es ist weiter oben anerkannt worden, daß die Menschen ihr Glück einander gegenseitig wesentlich befördern können. Eine Gesellschaft also, die auf gegenseitigen Nutzen gegründet ist, befindet sich ganz eigentlich auf dem Wege der natürlichen Mittel, die sich dem Menschen, um ihn zu seinem Ziele zu führen, darbieten; diese Verbindung ist also ein Vortheil und keine Aufopferung, und der gesellschaftliche Stand ist als eine Vervollkommnung des Naturstandes anzusehen. Also wenn auch selbst alle natürlichen Eigenschaften des Menschen, ihn nicht auf eine sehr bestimmte und sehr kräftige, obgleich noch nicht erklärte Art, zum gesellschaftlichen Leben führten, so müßte dieß die Vernunft für sich allein schon thun.

(Gegenstand der gesellschaftlichen Verbindung.)

Das Glück der Verbündeten, ist der Gegenstand der gesellschaftlichen Verbindung. Der Mensch strebt, wie wir gesagt haben, stets diesem Ziele entgegen; und wahrlich er hat es nicht aufgeben oder ändern wollen, als er mit seines Gleichen in Gesellschaft trat.

Der gesellschaftliche Stand zielt also nicht auf die Erniedrigung und Entehrung der Menschen, sondern auf ihre Veredlung und Vervollkommnung hin.

Die Gesellschaft schwächt und vermindert also die besondern Mittel, die jeder einzelne für seinen besondern Nutzen in die Verbindung bringt, keineswegs; im Gegentheil vergrößert und vervielfältigt sie dieselben, durch weitere Entwicklung der geistigen und körperlichen Kräfte; sie vermehrt sie noch, durch den unschätzbaren Beytritt der Arbeiten und Unterstützungen: so daß, wenn der Bürger hernach dem gemeinen Wesen eine Steuer bezahlt, dieß nur eine Art Wiedererstattung, nur ein sehr kleiner Theil des Nutzens und der Vortheile ist, welche er vom Staate zieht.

Der Gesellschaftsstand setzt also keineswegs eine ungerechte Ungleichheit der Rechte, der natürlichen Ungleichheit der Mittel an die Seite; im Gegentheil, er vertheidigt die Gleichheit der Rechte gegen den natürlichen aber schädlichen Einfluß der Ungleichheit der Mittel. Das gesellschaftliche Gesetz geht keineswegs dahin, den Schwachen zu schwächen, und den Starken zu stärken; im Gegentheil sein Zweck ist, den Schwachen gegen die Unternehmungen des Starken zu schützen; und indem es mit seiner beschützenden Kraft die Gesammtheit der Bürger deckt, sichert es allen, den vollständigen Genuß ihrer Rechte.

(Der Gesellschaftsstand begünstigt und vermehrt die Freyheit.)

Der Mensch, indem er in Gesellschaft tritt, opfert also keineswegs einen Theil seiner Freyheit auf: selbst ausser den gesellschaftlichen Banden hatte keiner das Recht, einem andern zu schaden. Dieser Grundsatz gilt für jede Lage, in der man sich das menschliche Geschlecht denken will. Nie konnte das Recht Schaden zu stiften, zur Freyheit gehören.

Der Gesellschaftsstand, weit entfernt die Freyheit der Einzelnen einzuschränken, erweitert sie und sichert ihren Genuß; er entfernt eine Menge Hindernisse und Gefahren, deren sie unter der bloßen Sicherheit, die die Kraft des Einzelnen gewährt, ausgesetzt war, und anvertraut sie dem mächtigen Schutze der ganzen Verbindung.

Weil also die geistigen und körperlichen Kräfte des Menschen im Gesellschaftsstande gewinnen, er auch zu gleicher Zeit von den Gefahren, mit denen ihr Gebrauch begleitet war, befreyt wird, so kann man mit Wahrheit sagen, die Freyheit sey vollständiger und vollkommner im Gesellschaftsstande, als sie es in dem Stande den man den natürlichen nennt, seyn kann.

Die Freyheit bezieht sich auf gemeinschaftliche und auf eigenthümliche Dinge.

(Arten des Eigenthums.)

Das Eigenthum seiner Person ist das erste Recht.

Aus diesem ersten Rechte fließt das Eigenthum seiner Handlungen, und das seiner

Arbeit; denn die Arbeit ist nichts anders, als die nützliche Anwendung eigner Kräfte; ihr Eigenthum fließt ganz natürlich aus dem Eigenthum der Person und der Handlungen.

Das Eigenthum der Aussendinge oder das Eigenthum der Güter, ist gleichfalls nichts als eine Folge und gleichsam eine Ausdehnung des Eigenthums der Person. Die Luft die wir athmen, das Wasser das wir trinken, die Früchte die wir speisen, gehen als Wirkungen unwillkührlicher und willkührlicher Verrichtungen unsers Körpers, in unsere eigene Substanz über.

Durch ähnliche, obgleich mehr dem Willen unterworfne Verrichtungen, eigne ich mir einen Gegenstand, der niemandem angehört, und dessen ich bedarf, durch eine Arbeit, die ihn mehr oder weniger verändert, und zu meinem Gebrauch vorbereitet, zu. Meine Arbeit war mein; sie ists noch: der Gegenstand, auf den ich sie anwandte, den ich damit bereicherte, gehörte mir zu, wie er jedermann zugehörte; er gehörte mir mehr als andern zu, weil ich auf ihn, vor andern aus, das Recht des ersten Besitzers hatte. Diese Bedingungen sind mir hinreichend, um jenen Gegenstand zu meinem ausschließlichen Eigenthum zu machen. Der Gesellschaftsstand fügt, vermöge einer allgemeinen Uebereinkunft, eine Art Weihung hinzu; und man bedarf dieses letztern Umstandes, um dem Worte Eigenthum, den ganzen Umfang des Begriffes, den wir damit in unsern policirten Gesellschaften zu verbinden pflegen, geben zu können.

Das Grund- und Boden-Eigenthum macht den wichtigsten Theil des Güter-Eigenthums aus. In seiner gegenwärtigen Lage hängt es genauer mit dem gesellschaftlichen, als mit dem persönlichen Bedürfnisse zusamen; seine Theorie ist verschieden: ihre Auseinandersetzung gehört nicht hieher.

(Ausdehnung der Freyheit.)

Frey ist derjenige, der sicher ist, ungestört sein persönliches Eigenthum brauchen, und sein Gütereigenthum geniessen zu können. Jeder Bürger hat also das Recht zu bleiben, zu gehen, zu denken, zu sprechen, zu schreiben, zu drucken, bekannt zu machen, zu arbeiten, hervorzubringen, zu behalten, wegzubringen, auszutauschen, zu verzehren, u. s. w.

(Ihre Grenzen.)

Die Grenzen der Freyheit des Einzelnen, fangen nur da an, wo sie der Freyheit der andern zu schaden anfangen würde. Das Gesetz soll diese Grenzen bestimmen und angeben. Was das Gesetz nicht verbietet, steht allen zu thun frey; denn der Zweck der gesellschaftlichen Verbindung, ist nicht nur die Freyheit eines oder einiger, sondern die Freyheit aller. Eine Gesellschaft, in der Ein Mensch, mehr oder weniger frey, als ein anderer wäre, würde sicherlich sehr schlecht beschaffen seyn; sie müßte neu eingerichtet werden.

(Verhältnisse der Verpflichtungen zur Freyheit.)

Beym ersten Anschein sieht es aus, als verliere der, der eine Verpflichtung eingeht, einen Theil seiner Freyheit. Richtiger ist es, wenn man sagt: der, der eine Verpflichtung eingeht, übt in dem Augenblick wo er es thut, weit entfernt in seiner Freyheit eingeschränkt zu seyn, dieselbe auf eine ihm gefällige Weise aus. Alle Verpflichtung ist ein Tausch, bey dem jeder das, was er empfangt, dem so er giebt, vorzieht.

So lange als die eingegangene Verpflichtung dauert, ist er allerdings gehalten, ihren Inhalt zu leisten. Das Versprochene und der Gegenstand der Verpflichtung sind nicht mehr sein Eigenthum; und die Freyheit, wie wir gesagt haben, geht nie so weit, andern schaden zu dürfen. Wann abgeänderte Verhältnisse, die Grenzen innert denen die Freyheit durfte ausgeübt werden, ändern, so ist, wann die neue Lage nur Folge selbstgetrofner Wahl ist, die Freyheit darum nichts destoweniger vollständig.

(Sicherheit der Freyheit.)

Vergeblich würde man erklären: die Freyheit sey unveräusserliches Eigenthum jedes Bürgers; vergeblich würde das Gesetz Strafe gegen die Uebertreter bestimmen, wenn nicht zu Handhabung des Rechts und zu Vollstreckung der Gesetze, eine Macht vorhanden wäre, die beyden hinlängliche Sicherheit gewährte.

Die Sicherheit der Freyheit kann nicht eher gut seyn, bis sie hinlänglich ist, und sie kann nicht eher hinlänglich seyn, bis alle Angriffe die man auf sie wagen kann, gegen die zu ihrer Vertheidigung bestimmte Macht ohnmächtig seyn werden. Kein Recht ist völlig gesichert, das nicht durch eine verhältnißmäßig unwiederstehliche Macht geschützt ist.

Die Freyheit der Einzelnen, hat in einer grossen Gesellschaft, dreyerley Feinde zu fürchten.

Die am wenigsten gefährlichen, sind die übelgesinnten Bürger. Um ihnen zu wiederstehen, bedarf es, ganz gewöhnlicher Gewalt. Wann hierinn nicht immer Recht gehörig gehandhabet wird, so liegt die Schuld nicht an *einer* verhältnißmäßig unhinlänglichen Zwangsmacht, sondern vielmehr an der fehlerhaften Gesetzgebung und der *schlechten* Einrichtung der richterlichen Gewalt. Diesem gedoppelten Hindernisse soll abgeholfen werden.

Viel mehr hat die Freyheit der Einzelnen, von den Unternehmungen der Beamten zu fürchten, denen die Ausübung irgend eines Theils der öffentlichen Gewalt übertragen ist.

Bloße einzelne Bevollmächtigte, ganze Korps, die ganze Regierung selbst, können die Rechte des Bürgers zu achten aufhören. Lange Erfahrung zeigt, daß sich die Nationen gegen diese Gefahr nicht gehörig bewahrt und geschützt haben.

Welchen Anblick gewährt ein Bevollmächtigter, der die Waaffen oder die Gewalt, die er zu Vertheidigung seiner Mitbürger erhalten hat, gegen sie selbst kehrt, und als Verbrecher gegen sich selbst und gegen das Vaterland, die Mittel, die ihm zu Vertheidigung desselben übergeben sind, in Werkzeuge der Unterdrückung verwandelt!

Eine gute Konstitution aller öffentlichen Gewalten, ist die einzige Sicherheit, die Völker und Bürger, vor diesem größten Unglücke bewahren kann.

Endlich kann die Freyheit durch einen äussern Feind angegriffen werden. Hierauf gründet sich das Bedürfniß einer Armee. Es ist klar, daß diese, mit der Ordnung im Innern nichts zu thun hat, und nur in Beziehung auf äussere Verhältnisse errichtet wird. In der That, wann es möglich wäre, daß ein Volk einzeln und abgesöndert] bliebe, oder wenn andern Völkern dasselbe anzugreiffen unmöglich wäre, so würde es ganz sicher keiner Armee bedörfen? Der Friede und die Ruhe im Innern, erheischen allerdings eine Zwangsmacht, die aber von ganz anderer Art ist. Wenn nun aber die Ordnung im Innern und die Errichtung einer gesetzlichen Zwangsmacht, ohne eine Armee bestehen können, so ist es von äusserster Wichtigkeit, daß wo eine Armee sich befindet, die innere Ordnung von ihr so ganz unabhängig sey, das zwischen beyden nie irgend eine Art von Verhältnissen statt finde.

Also ist ganz unstreitig, daß der Soldat niemals gegen den Bürger gebraucht werden soll, und daß die innere Ordnung des Staats so eingerichtet seyn muß, daß man niemals und in keinem auch nur möglichen Falle, den auswärtigen Feind ausgenommen, zur Militärgewalt seine Zuflucht nehmen müsse.

(Andere Vortheile des Gesellschaftsstandes.)

Die Vortheile, die der Gesellschaftsstand gewährt, schränken sich nicht auf den kräftigen und vollständigen Schutz, den er der Freyheit der Einzelnen leistet, ein; die Bürger haben auch auf alle Wohlthaten der Verbindung Ansprüche. Diese Wohlthaten werden sich nach Maaßgabe, daß die gesellschaftliche Ordnung, die Aufklärung, welche Zeit, Erfahrung und

Nachdenken in der öffentlichen Meinung verbreiten, benutzen wird, vervielfältigen. Die Kunst, alles mögliche Gute aus dem Gesellschaftsstande hervorgehen zu machen, ist die erste und wichtigste aller Künste. Eine für das möglichst große Beßte aller, berechnete Verbindung, wird das Meisterstück der Einsichten und Tugenden seyn.

Jedermann weiß, daß die gesellschaftlichen Glieder, aus dem Eigenthum des Staats und aus den öffentlichen Arbeiten, die größten Vortheile ziehen. Man weiß, daß jene Bürger, denen ein unglückliches Schicksal, die eigne Befriedigung ihrer Bedürfnisse unmöglich macht, auf die Unterstützung ihrer Mitbürger gerechte Ansprüche haben.

Man weiß, daß für die geistige und körperliche Vervollkommnung des Menschengeschlechts, ein gutes System der Erziehung und des öffentlichen Unterrichts, das vortreflichste Mittel ist.

Man weiß, daß ein Volk mit den übrigen Völkern in Handlung und Interesse Verhältnissen steht, die von seiner Seite thätige Aufsicht und Wachsamkeit erheischen u. s. w.

Allein die Erklärung der Rechte ist der Ort nicht, wo man das Verzeichniß aller Wohlthaten, die eine gute Konstitution den Völkern verschaffen kann, finden soll. Es ist hinlänglich hier zu erklären, daß die gesammten Bürger, auf alles was der Staat für sie thun kann, ein Recht haben.

(Oeffentliche Mittel, die die Gesellschaft hat.)

Nachdem die Zwecke der Gesellschaft, auf diese Art aufgezählt worden sind, so ist klar, daß die öffentlichen Mittel sich verhältnißmäßig zu ihnen verhalten, und mit dem Glück und Wohlstand der Nation, sich vermehren müssen.

(Die Staatsverfassung umfaßt alle Gewalten.)

Das Ganze dieser Mittel, das aus Personen und Sachen besteht, muß Staatsverfassung genannt werden, um desto mehr an seinen Ursprung und seine Bestimmung zu erinnern.

Die Staatsverfassung ist eine Art von politischem Körper, der, da er gleich dem menschlichen Körper, seine Bedürfnisse und seine Befriedigungsmittel hat, auch ungefehr auf die nemliche Weise muß organisirt seyn. Er muß die Kraft zu wollen und die zu handlen haben. Die gesetzgebende Gewalt vertritt die erste, und die vollziehende Gewalt die zweyte dieser beyden Kräfte.

Die Regierung wird häufig mit der Wirkung oder Ausübung dieser beyden Gewalten vermengt; jenes Wort soll aber eigentlich die vollziehende Gewalt oder ihre Wirkung bezeichnen. Man hört nichts häufiger sagen,

als,

als, man muß nach den Gesetzen regieren; dieß beweist, daß die gesetzgebende Gewalt, von dem was eigentlich Regierung genannt wird, verschieden ist.

Die thätige Gewalt, zerfällt in verschiedene Abtheilungen, der Constitution kommt es zu, diese einzelnen Theile zu verfolgen.

(Was Constitution ist.)

Die Constitution umfaßt zu gleicher Zeit die innere Bildung und Organisation der verschiedenen öffentlichen Gewalten, den nothwendigen Zusammenhang und die gegenseitige Unabhängigkeit derselben.

Endlich die politischen Vorsichten, mit denen die Klugheit dieselben zu umgeben räth, damit sie stets nützlich und niemals schädlich werden können.

Dieß ist der wahre Sinn des Wortes Constitution; er bezieht sich auf das Ganze und auf die Theile der öffentlichen Gewalten. Nicht die Nation ist es die man constituirt, sondern ihre Staatsverfassung. Die Nation ist die Gesammtheit der Verbündeten, die alle unter der Regierung stehen, alle dem Gesetze, dem Werke ihres Willens unterworfen sind, alle sich an Rechten gleich, in ihren Verhältnissen und gegenseitigen Verpflichtungen frey sind. Die Regierenden dagegen, machen in dieser einigen Hinsicht einen politischen Körper aus, der gesellschaftlichen Ursprung hat. Nun muß jeder Körper organisirt, beschränkt u. s. w. mithin constituirt seyn.

Also um es noch einmal zu wiederholen: die Constitution eines Volkes ist, und kann nichts anders seyn, als die Constitution seiner Regierung und derjenigen Macht, die Gesetze sowohl dem Volke als der Regierung zu geben hat.

Eine Constitution sezt nothwendig das Daseyn einer constituirenden Gewalt voraus.

Die in der Staatsverfassung enthaltenen Gewalten, sind alle, Gesetzen, Regeln und Formen unterworfen, welche abzuändern nicht in ihrer Gewalt steht.

(Constituirende Gewalt und constituirte Gewalten.)

So wie sie sich nicht selbst constituiren können, eben so wenig können sie ihre Constitution abändern; noch können sie gegenseitig, eine auf der anderen Constitution Einfluß haben. Die constituirende Gewalt kann dagegen hierin alles thun, sie ist gar keiner vorhergehenden Constitution unterworfen. Die Nation, die alsdann die gröste und wichtigste ihrer Gewalten ausübt, muß bey derselben, von allem Zwange und allen Formen, ausser denen die ihr selbst anzunehmen beliebt, frey seyn.

Es ist aber nicht nothwendig, daß die Gesellschaftsglieder in einer Person die constituirende Gewalt ausüben, sie können sich Stellvertrettern anvertrauen, die sich einzig zu diesem Endzweck versammeln werden, ohne selbst irgend eine der constituirten Gewalten ausüben zu können. Uebrigens kommt es dem ersten Abschnitte des Constitutionsentwurfes zu, Aufschluß über die Mittel zu geben, durch die alle Theile der Constitution entworfen und abgeändert werden können.

(Unterschied zwischen den bürgerlichen und den politischen Rechten.)

Bisdahin haben wir nur die natürlichen und bürgerlichen Rechte der Bürger auseinandergesezt. Die Anerkennung der politischen Rechte bleibt uns noch übrig.

Der Unterschied zwischen diesen beyden Arten von Rechten besteht darinn, daß die natürlichen und bürgerlichen Rechte diejenigen sind, zu deren Erhaltung und Entwiklung die Gesellschaft zusamengetretten ist, und die politischen Rechte diejenigen, durch die die Gesellschaft sich bildet. Um der Deutlichkeit der Sprache willen thut man besser, die ersteren paßive Rechte, und die lezteren active Rechte zu nennen.

(Paßive Bürger, active Bürger.)

Alle Einwohner eines Landes müssen in demselben die Rechte paßiver Bürger geniessen: alle haben Recht auf den Schutz ihrer Person, ihres Eigenthums, ihrer Freyheit u. s. w.; aber

nicht alle haben das Recht einen thätigen Antheil an der Bildung der öffentlichen Gewalten zu nehmen; nicht alle sind active Bürger. Das weibliche Geschlecht, wenigstens bey der itzigen Lage der Dinge, die Kinder, die Ausländer, endlich die, welche zur Unterhaltung des Staats nichts beytragen würden, dürfen keinen thätigen Einfluß auf die öffentlichen Geschäfte haben. Alle können die Vortheile geniessen, die die Gesellschaft gewährt, aber nur die, die zur Erhaltung der Staatsverfassung beytragen, sind als wahre Actieninhaber der grossen gesellschaftlichen Unternehmung anzusehen; sie allein sind die wahren activen Bürger, die wahren Glieder der Verbindung.

Die Gleichheit der politischen Rechte ist ein Fundamentalpunkt; sie ist eben so heilig wie die der bürgerlichen Rechte. Aus der Ungleichheit der politischen Rechte, würden bald Vorrechte entspringen. Vorrecht ist entweder Befreyung von einer allgemeinen Last, oder ausschließliche Bewilligung eines Gemeingutes. Jedes Vorrecht ist also ungerecht, gehäßig, und dem wahren Zweck der Gesellschaft widersprechend. Da das Gesez ein allgemeines Werkzeug, die Wirkung eines allgemeinen Willens ist, so kann sein Endzwek auch nur allgemeine Wohlfahrt seyn.

(Einheit des gesellschaftlichen Zweckes.)

Eine Gesellschaft kann auch nur einen gemeinschaftlichen Zweck haben. Es wäre unmöglich Ordnung zu erhalten, wenn man nach verschiedenen entgegengesezten Zwecken hinstreben wollte. Die gesellschaftliche Ordnung, sezt nothwendig Einheit des Zweckes und Uebereinstimmung der Mittel voraus.

(Die Verbindung, Werk des einmüthigen Willens.)

Eine politische Verbindung, ist das Werk des einmüthigen Willens der Verbündeten.

(Die Bildung öffentlicher Gewalten u. s. w. Werk der Stimmenmehrheit.)

Ihre Staatsverfassung, ist das Resultat des Willens der Mehrheit der Verbündeten. Man fühlt leicht, daß da die Einstimmigkeit, bey einer auch nur etwas beträchtlichen Menschenzahl sehr schwer zu erhalten ist, dieselbe in einer Gesellschaft von mehreren Millionen Menschen ganz unmöglich wird. Die gesellschaftliche Verbindung hat ihre Zwecke, man muß also Mittel ergreifen, die zu denselben führen können; man muß sich also an der Mehrheit genügen lassen. Dabey aber muß bemerkt werden, daß selbst in diesem Fall, eine Art mittelbarer Einstimmigkeit vorhanden ist; denn die welche einmüthig sich vereinigen wollten, um die Vortheile der Gesellschaft zu geniessen, haben auch einmüthig alle zu Erlangung dieser Vortheile nöthigen Mittel gewollt: Nur die Wahl der Mittel, ist der Mehrheit überlassen, und alle, die Stimme zu geben haben, sind zum voraus übereingekommen, sich stets nach dieser Mehrheit zu fügen. So entsteht ein gedoppeltes Verhältniß, unter dem die Mehrheit, mit Recht in die Rechte der Einstimmigkeit tritt. Der allgemeine Wille ist also aus dem Willen der Mehrheit gebildet.

(Alle Gewalt, alles Ansehen kommen vom Volke.)

Alle öffentlichen Gewalten ohne Unterschied, sind ein Ausfluß des allgemeinen Willens; alle kommen vom Volke, das will sagen, von der Nation. Diese beyden Ausdrücke müssen gleichbedeutend seyn.

(Jede öffentliche Gewalt ist ein Auftrag und kein Eigenthum.)

Der öffentliche Beamte, welche Stelle er bekleiden mag, übt also keine ihm eigenthümlich zukommende Gewalt aus, sondern eine Gewalt, die allen zugehört; sie ist ihm nur anvertraut worden; sie konnte nicht veräussert werden, denn der Wille ist unveräusserlich; die Völker sind unveräusserlich; das Recht für sich zu denken, zu wollen und zu handeln, ist unveräusserlich; man kann nur seine Ausübung, denen die unser Zutrauen haben, überlassen; und die wesentliche Eigenschaft dieses Zutrauens ist, daß es frey seyn muß.

(Die Ausübung eines öffentlichen Amtes, ist kein Recht sondern eine Pflicht.)

Also ist es ein grosser Irrthum zu glauben, ein öffentliches Amt könne jemals das Eigenthum eines Menschen werden; es ist ein grosser Irrthum, die Ausübung eines öffentlichen Amtes für ein Recht anzusehen: es ist eine Pflicht. Die Beamten der Nation haben vor den übrigen Bürgern nichts zum voraus, als mehrere Pflichten; und man beschuldige uns ja nicht der Absicht, von der wir sehr weit entfernt sind, dadurch, daß wir diese Wahrheit verkünden, den Charakter der öffentlichen Beamten herabsetzen zu wollen. Die Vorstellung grosser obliegender Pflichten, und mithin grosser Nutzbarkeit für die Gesellschaft ist es, was die Hochachtung und Ehrfurcht rechtfertigt, die wir gegen Männer welche öffentliche Stellen bekleiden, hegen. Der Anblik derer, die sich nur durch Rechte auszeichnen, mithin nur die Vorstellung ihrer besonderen Vortheile in uns erweken können, vermöchte keine solchen Gefühle in freyen Seelen zu erregen.

Hiermit kann die erläuternde Auseinandersezung der Rechte des Menschen und des Bürgers, die wir dem französischen Volke vorlegen wollten, und die wir uns selbst vorsezten, um an ihr einen Leiter bey dem Constitutionswerke das wir beginnen, zu haben, beschlossen werden. Damit aber diese ewigen Rechte von allen denen, die auf sie Anspruch zu machen haben, gekannt und leichter im Gedächtniß behalten werden, so bieten wir ihren wesentlichsten Theil, in leicht zu fassenden Resultaten, allen Klassen von Bürgern, auf folgende Weise dar.

I.

Jede Gesellschaft kann nur freye Wirkung, einer zwischen allen ihren Gliedern geschloßnen Uebereinkunft seyn.

II.

Der Zweck einer Staatsgesellschaft, kann kein anderer seyn, als die möglichste Wohlfahrt aller.

III.

Jeder Mensch ist alleiniger Eigenthümer seiner Person, und dieß Eigenthum ist unveräußerlich.

IV.

Jeder Mensch hat in der Ausübung seiner persönlichen Kräfte völlige Freyheit, unter der einzigen Bedingung, daß er keinen Eingriff in die Rechte anderer thue.

V.

Niemand ist also verantwortlich für seine Gedanken oder für seine Meinungen; jeder Mensch hat das Recht, zu sprechen oder stillzuschweigen; keine Art seine Gedanken und Meinungen bekannt zu machen, darf irgend jemandem verboten seyn; und insbesondere hat jeder Freyheit, zu schreiben, zu druken, oder druken zu lassen, was ihm gut dünkt, immer unter der einzigen Bedingung, keinen Eingriff in die Rechte anderer zu machen. Endlich kann jeder Schriftsteller, seine Arbeiten verkauffen oder verkauffen lassen; er kann sie frey durch den Weg der Post oder jeden anderen verbreiten, ohne jemals einigen Mißbrauch seines Zutrauens fürchten zu müssen: Die Briefe insbesondere, müssen für alle Zwischenpersonen, die sich zwischen dem der schreibt, und dem an welchen geschrieben wird, befinden, heilig und unverlezlich seyn.

VI.

Gleichermaßen hat jeder Bürger Freyheit, seine körperlichen Kräfte, seinen Kunstfleiß und seine Kapitalien so zu benutzen, wie er es gut und für sich selbst nutzlich findet. Keine Arbeit ist ihm untersagt: Er kann verfertigen und hervorbringen, was ihm gefällt und wie es ihm gefällt; er kann alle Arten von Waaren nach Belieben behalten oder veräusseren, und sie im Ganzen oder Einzelnen verkauffen. Bey diesen verschiedenen Verrichtungen, hat weder ein Einzelner noch eine Verbindung das Recht, ihm Zwang anzuthun, noch vielweniger ihn daran zu verhinderen. Das Gesetz allein, kann die Gränzen bestimmen, die diese Freyheit, wie alle anderen haben muß.

VII.

Jeder hat gleichmäßig Freyheit zu bleiben oder sich zu entfernen, zu gehen oder zu kommen, selbst das Königreich zu verlassen und dahin zurückzukehren, wann und wie es ihm gut dünkt.

VIII.

Endlich hat jeder Mensch Freyheit, über seine Güter und sein Eigenthum zu schalten, und seine Ausgaben so einzurichten, wie er es für schiklich achtet.

IX.

Die Freyheit, das Eigenthum und die Sicherheit der Bürger, müssen eine gesellschaftliche Sicherung haben, die allen Angriffen gewachsen seyn muß.

X.

Also muß das Gesetz, eine hinlängliche Gewalt zu seinen Befehlen haben, die im Stand ist, den Angriffen einzelner Bürger auf die Rechte anderer, gehörigen Widerstand zu leisten.

XI.

Also müssen alle die, denen die Vollziehung der Gesetze übertragen ist, alle die irgend einen anderen Theil des öffentlichen Ansehens oder einer öffentlichen Gewalt ausüben, ausser Stand seyn, in die Freyheit der Bürger Eingriffe thun zu können.

XII.

Also muß die Ordnung im Innern dergestalt eingerichtet, und durch eine innere und gesetzmäßige Gewalt bedient werden, daß man niemals genöthiget werde, die gefährliche Hülfe der Militargewalt zu gebrauchen.

XIII.

Die Militargewalt ist nur geschaffen, besteht nur, und soll nur handlen, in Bezug auf die auswärtigen Verhältnisse. Also darf der Soldat niemals gegen den Bürger gebraucht werden. Er kann nur gegen den äusseren Feind angeführt werden.

XIV.

Jeder Bürger ist gleichmäßig den Gesetzen unterworfen, und keiner ist verbunden, einem andern Ansehen, als dem der Gesetze, zu gehorchen.

XV.

Das Gesetz hat keinen andern Zweck als das

gemeine Wohl; es kann keinerley Vorrecht, an wen es auch seyn mag, bewilligen, und wenn Vorrechte vorhanden sind, so müssen sie sogleich aufgehobrn werden, welchen Ursprung sie auch haben mögen.

XVI.

Wenn die Menschen an Mitteln, das will sagen, an Reichthümern, Verstand, Stärke u. s. w. sich nicht gleich sind, so folgt daraus keineswegs, daß sie nicht alle an Rechten sich gleich seyen. Dem Gesetze gilt jeder Mensch gleich viel: es ist für alle ohne Unterschied gleich beschützend.

XVII.

Kein Mensch besitzt mehr Freyheit als ein anderer. Keiner hat auf sein Eigenthum grösseres Recht, als ein anderer auf das seine haben kann. Alle müssen die gleiche Garantie und die gleiche Sicherheit geniessen.

XVIII.

Da das Gesetz für alle Bürger gleich verpflichtend ist, so muß es auch die Schuldigen gleichmäßig strafen.

XIX.

Jeder Bürger, der im Namen des Gesetzes gerufen oder angehalten wird, muß auf der Stelle gehorchen. Durch Wiederstand wird er straffällig.

XX.

Niemand darf vor Gericht gerufen, angehalten und verhaftet werden, ausser in voraus gesehenen Fällen und nach gesetzlich bestimmten Formen.

XXI.

Jeder willkührliche oder gesetzwidrige Befehl ist nichtig. Der oder die so ihn verlangt, der oder die so ihn unterzeichnet haben, sind straffällig. Die, welche ihn übernehmen, vollstrecken oder vollstrecken lassen, sind straffällig, sie müssen alle Straffe empfangen.

XXII.

Die Bürger, gegen die solche wiederrechtliche Befehle sind erhalten worden, haben das Recht, Gewalt der Gewalt entgegen zu setzen.

XXIII.

Jeder Bürger hat das Recht, die schnellste Gerechtigkeit sowohl für sich, als für das was ihm angehört, zu fordern.

XXIV.

Jeder Bürger hat ein Recht, auf die gemeinschaftlichen Vortheile, die der Gesellschaftsstand verschaffen kann.

XXV.

Jeder Bürger, der ausser Stand ist, für die Befriedigung seiner Bedürfnisse selbst zu sorgen, hat ein Recht auf die Unterstützung seiner Mitbürger.

XXVI.

Das Gesetz kann nur der Ausdruck des allgemeinen Willens seyn. Bey einem großen Volke muß dasselbe das Werk einer Versammlung von Stellvertretern, die für eine kurze Zeit, mittelbar oder unmittelbar von allen Bürgern, gewählt werden, welche Tüchtigkeit mit eignem Intresse an dem gemeinen Wesen verbinden. Diese beyden Eigenschaften, bedürfen einer genauen und deutlichen Bestimmung, die ihnen die Constitution zu geben hat.

XXVII.

Niemand hat andere Steuren als die, welche frey von den Stellvertrettern der Nation sind bestimmt worden, zu bezahlen.

XXVIII.

Alle öffentlichen Gewalten kommen vom Volk her, und haben keinen andern Zweck als das Wohl des Volks.

XXIX.

Die Constitution der öffentlichen Gewalten, muß so beschaffen seyn, daß sie zu beständiger Thätigkeit und zu Erfüllung ihrer Bestimmung stets geschickt seyen, und niemals sich von derselben, zum Nachtheil des Wohls der Gesellschaft entfernen können.

XXX.

Ein öffentliches Amt, kann nie das Eigenthum dessen werden, der es bekleidet, seine Verrichtungen sind kein Recht, sondern eine Pflicht.

XXXI.

Die öffentlichen Beamten aller Art, sind für ihre Gesetze-Uebertretungen und für ihr Betragen verantwortlich. Der König allein muß von diesem Gesetze ausgenommen seyn. Seine Person ist stets heilig und unverletzlich.

XXXII.

Ein Volk hat immer das Recht, seine Constitution zu verbessern und abzuändern. Es ist so gar wohlgethan, Zeiten zu bestimmen, wann, ohne Rücksicht auf ihre mehrere oder mindere Nothwendigkeit, eine solche Revision statt haben soll.

Inhalt.

Seite

Vorrede zur deutschen Uebersetzung. . . III

Vorbericht der Herausgeber der französischen Urschrift. XI

Vorrede des Verfassers. XIII

Ueber Sieyes'ens Leben. I

Freywillige Erklärung, die den Patrioten der drey und achzig Departements vorgeschlagen wird, am *17ten Junius 1791.* 69

Anerkennung und erklärende Auseinandersetzung der Rechte des Menschen und des Bürgers am 20ten und 21ten Julius (1789) dem Constitutionsausschusse vorgelesen von Sieyes. . . 79

Verbesserungen.

S. x. Z. 1. statt unverbesserlich l. unbesserlich.
— 80. Z. 5. statt Julius dem l. Julius 1789 dem.

Zweytes Stück.

I. Ueber den Mißbrauch der Worte und den Unbestand der Begriffe während der Revolution.

II. Die Krieger. Parodie von Schillers Künstlern.

III. Denkrede auf Bailly. Von Hieron. Lalande.

IV. Die unglückliche Lyonerin. Romanze von Jauffret.

V. Etwas vom Vandalismus in Strasburg, verübt im 2ten Jahr der Republik. Schreiben an Gregoire von G. Wedekind.

VI. Monjourdains Abschied an seine Freundin und an seine Freunde.

VII. Ueber die eigentlichen Akteure des 2ten Septembers 1792 u. s. w. von Mehee dem Sohne. (Beschluß.)

VIII. Joh. Baptist Louvets Todeshymne.

IX. *Historische Gemälde der französischen Revolution.*

Drittes Gemälde: Camille-Desmoulins Motion im Palais royal am 11ten July 1789.

Viertes Gemälde: Das Volk läßt die Oper schliessen, am 12ten July 1789.

Fünftes Gemälde: Die Büsten Neckers und Orleans werden im Triumph getragen, und auf dem Platze Ludwig des XV. zerschmettert.

X. Die Debatten der Blumen. Idylle von Piis.

XI. Am 14ten Julius 1790, und im Februar 1795; im Freundeskreise gesungen.

Drittes Stück.

I. Ueber Sieyes'ens Leben. Von ihm selbst geschrieben, mit Anmerkungen und Beylagen begleitet.

II. Das Jahr 1792. Ode von Lebrun.

III. Historische Gemälde der französischen Revolution.

Sechstes Gemälde: Die französischen Garden retten Hr. Duchatelet ihren Obristen vom Volksgrimme.

Siebentes Gemälde: Prinz Lambesc dringt in die Tuillerien über die Wendebrücke den 12ten July 1789.

Achtes Gemälde: Der französischen Garden Ausfall wider das Regiment Hundepeitsche auf der Chaussee d'Antin ihrer Reserve gegenüber, den 12ten July 1789.

IV. Die Aufopferung des treuen Hundes. Romanze von Jauffret.

V. Welches sind die verdienstlichsten Stände? Eine Preisfrage, beantwortet von einem guten Bürger und gekrönt von allen königlichen Akademien.

VI. Ueber Champfort.

Von den *Mémoires d'un detenu sous la tyrannie de Robespierre*, par Riouffe erscheint bey wenig Wochen eine mit vielen Anmerkungen und Zusätzen versehene und mit Verniau's von Lips gestochenem Portrait gezierte Uebersetzung.